...Peu de personnes ignorent de combien d'agréments est rempli l'Eunuque latin. Le sujet en est simple, comme le prescrivent nos maîtres; il n'est point embarrassé d'incidents confus; il n'est point chargé d'ornements inutiles et détachés, tous les ressorts y remuent la machine, et tous les moyens y acheminent à la fin. Quant au nœud, c'est un des plus beaux et des moins communs de l'antiquité. Cependant il se fait avec une facilité merveilleuse, et n'a pas une seule de ces contraintes que nous voyons ailleurs... Je n'aurais jamais fait d'examiner toutes les beautés de l'Eunuque; les moins clairvoyants s'en sont aperçus aussi bien que moi; chacun sait que l'ancienne Rome faisait souvent ses délices de cet ouvrage, qu'il recevait les applaudissements des honnêtes gens et du peuple, et qu'il passait alors pour une des plus belles productions de cette Vénus Africaine donc tous les gens d'esprit sont amoureux. Aussi Térence s'est-il servi des modèles les plus parfaits que la Grèce ait jamais formés; il avoue être redevable à Ménandre de son sujet, et des caractères du parasite et du fanfaron. Je ne le dis point pour rendre cette comédie plus recommandable; au contraire, je n'oserais nommer deux si grands personnages, sans crainte de passer pour profane et pour téméraire, d'avoir osé travailler après eux, et manier indiscrètement ce qui a passé par leurs mains. A la vérité c'est une faute que j'ai commencée; mais quelques-uns de mes amis me l'ont fait achever : sans eux elle aurait été secrète, et le public n'en aurait rien su. Je ne prétends pas non plus empêcher la censure de mon ouvrage, ni que ces noms illustres de Térence et de Ménandre lui tiennent lieu d'un assez puissant bouclier contre toutes sortes d'atteintes... Ce n'est ici qu'une médiocre copie d'un excellent original; peut-être le lecteur en jugera-t-il favorablement : quoi qu'il en soit, j'espérerai toujours davantage de sa bonté que de celle de mes ouvrages.

(Avertissement au lecteur de **M. DE LAFONTAINE,** *en tête de sa traduction de l'Eunuque.)*

L'EUNUQUE,

COMÉDIE EN CINQ ACTES ET EN VERS,

Traduite de TÉRENCE

PAR

MICHEL CARRÉ,

REPRÉSENTÉE POUR LA PREMIÈRE FOIS, A PARIS, SUR LE THÉATRE ROYAL DE L'ODÉON (SECOND THÉATRE FRANÇAIS), LE 19 AVRIL 1845.

PERSONNAGES.	ACTEURS.	PERSONNAGES.	ACTEURS.
PHEDRIA, amant de Thaïs...	M. JOURDAIN.	LACHÈS, père de Phedria....	M. ROGER.
CHEREA, son frère..........	M. BARON.	ANTIPHON, ami de Chérea...	M. HARVILLE.
PARMENON, valet de Phedria.	M. LOUIS MONROSE.	DORUS, vieil eunuque........	M. PEREZ.
THRASON, capitaine, rival de		SANGA, valet de Thrason...	M. GRIMBERT.
Phedria...............	M. St-LÉON.	THAIS, amante de Phedria...	Mᵐᵉ MATHILDE PATRE.
GNATON, parasite..........	M. MAUZIN.	PYTHIAS, servante...........	Mᵐᵉ JULIE BERTHAUD.
CHREMÈS, frère de Pamphila.	M. BARRÉ.	DORIAS, idem...............	Mme CHAPUIS.

Personnages muets.

DONAX, SYMALION, SIRISCUS, PAMPHILA, UNE ESCLAVE ÉTHIOPIENNE.

La scène est à Athènes.

ACTE PREMIER.

Le théâtre représente une place publique. On voit d'un côté la maison de Thaïs et de l'autre celle de Lachès.

SCÈNE PREMIÈRE.

PHEDRIA, PARMENON.

PHEDRIA.

Maintenant que Thaïs de son gré me rappelle,
Que faut-il que je fasse? Entrerai-je chez elle,
Ou dois-je m'engager par de nouveaux serments
A ne supporter pas ses affronts plus longtemps?
Après m'avoir chassé, pour me reprendre au piège,
La perfide me dit de revenir... Irai-je?
Non, non, encore un coup, elle me prie en vain.

PARMENON.

Par Hercule, voilà parler en homme enfin!
Si vous gagnez sur vous d'en agir de la sorte,
Vous nous ferez connaître une âme vraiment forte.
Mais si vous commencez pour n'aller point au bout,
Et que vous hésitiez après le premier coup;
Si par faiblesse enfin ou par excès de zèle
Vous montrez quelque hâte à retourner chez elle,
Et lui faites par là comprendre clairement
Que vous ne pouvez vivre ailleurs un seul moment;

C'en est fait. Sous le joug vous rentrerez sans gloire
Dès qu'elle se verra sûre de la victoire,
Et vous exposerez à de nouveaux mépris.
C'est pourquoi sur ce point appliquez vos esprits.
Croyez-vous que l'amour, quelque frein qu'on lui pose,
Se puisse à la raison plier comme autre chose?
Non, certes. — Ces rebuts et ces emportements,
Ces soupçons, ces dédains, ces raccommodements,
Sont choses que l'on sait en amour fort communes
Et qui trouvent de soi toutes lois importunes.
Les amants irrités font plus d'un serment vain;
On se quitte aujourd'hui pour se revoir demain.
C'est ainsi que vous-même, encor plein de colère,
Jurez de ne la voir de votre vie entière.
Que la belle pourtant passant près de ces lieux,
Avec un peu d'effort fasse de ses beaux yeux
Jaillir adroitement quelques petites larmes,
Devant tant de douleur, d'innocence et de charmes,
Vous attendrez, honteux de votre cruauté,
Le juste châtiment par vous seul mérité.

1845

PHEDRIA.

Je rougis en songeant aux torts de l'infidèle,
De me sentir encor quelque penchant pour elle,
Et c'est, je l'avoue, un cruel désespoir
Qu'il me faille contraindre à ne la plus revoir.
Je devrais la punir après un tel outrage,
Je le sais, je le vois... et manque de courage.
Enfin je meurs d'amour, et son indignité
Ne me peut mettre au cœur assez de lâcheté;
J'ai beau contre elle encore exciter ma colère,
Je ne décide rien de ce que je dois faire.

PARMENON.

Eh ! que pouvez-vous faire après un tel aveu,
Sinon de vous résoudre à tout ce qu'elle veut ;
Et puisqu'en ses liens vous vous laissâtes prendre,
De hâter le moment où vous pourrez vous rendre,
Quelque prix même enfin qu'il en doive coûter,
De donner ce qu'il faut pour vous bien racheter
Et de ne vous pas mettre en peine davantage.

PHEDRIA.

Suivrai-je ton conseil ?

PARMENON.

Oui, si vous êtes sage,
Croyez-moi, n'ajoutez aucun nouveau tourment
Aux soins qui d'ordinaire occupent un amant,
Et supportez ceux-là d'une âme un peu plus forte.
Thaïs paraît sur le seuil de sa maison.
Mais j'aperçois Thaïs qui vient d'ouvrir sa porte.
A part.
Sors donc, monstre affamé, qui manges notre bien !

PHEDRIA.

Elle semble rêver.

PARMENON.

Bon, elle nous voit bien.

SCÈNE II.

THAIS, PHEDRIA, PARMENON.

THAIS, faisant quelques pas hors de sa maison
sans voir Phedria.

Phedria, j'en suis sûre, aura mal pris la chose.
Que je suis malheureuse ! il ne sait point la cause,
Hélas ! de ce refus que je lui fis hier.

PARMENON, à Phedria.

A tout ce qu'elle dit tâchez de vous fier.

PHEDRIA.

Ah ! mon cher Parmenon, la force m'abandonne ;
Maintenant qu'elle est là, je tremble et je frissonne.

PARMENON.

Là, là, vous frissonnez ? approchez-vous un peu,
La belle vous mettra bien vite tout en feu.

THAIS, apercevant Phedria.

Est-ce vous, Phedria ?

PARMENON.

C'est Phedria lui-même.

THAIS.

Pourquoi n'entrez-vous pas ?

PARMENON.

L'impudence est extrême !
On nous chasse ; mais non, ce n'est pas là le point,
Et de la porte close il ne s'en parle point.

THAIS, à Phedria.

Vous ne répondez rien ?

PHEDRIA.

Je vois votre surprise,
Et qu'il faut en effet, Thaïs, que je vous dise
Pourquoi je n'entre pas, car la porte vraiment
M'est ouverte et je suis votre plus cher amant.

THAIS.

Je vous dirai bientôt, pour vous tirer de peine,
Pourquoi je reçus hier chez moi ce capitaine,
Et malgré le désir que j'avais de vous voir,
Comment il m'a fallu ne vous point recevoir.

PARMENON, avec ironie.

Non, mon maître est un sot et je suis une bête.
Notre plainte est injuste autant que malhonnête.
Avec les gens qu'on aime on agit librement,
Sans leur dire jamais ni pourquoi ni comment ;
Et cette liberté qu'aucun joug ne resserre,
Marque une amour plus vive et surtout plus sin-
[cère.
L'amant le mieux reçu, souvent est moins aimé
Que son rival, à qui le logis est fermé.

PHEDRIA.

Ah ! Thaïs, plaise aux dieux que mon cœur et le
[vôtre
Soient d'une égale ardeur pénétrés l'un et l'autre,
Et que vous ressentiez combien des affronts tels,
A tout l'amour qu'on a, portent des coups mortels,
Ou que je n'en sois pas plus touché que vous-
[même.

THAIS.

Ne vous chagrinez pas et croyez qu'on vous aime,
Je vous expliquerai les choses sans détour.

PARMENON.

Je vous le disais bien, c'est par excès d'amour
Que cette chère enfant nous ferme au nez sa porte.

THAIS.

Contre moi, Parmenon, quelle rage t'emporte ?
Va, ne m'épargne pas.
A Phedria.
Vous, écoutez pourquoi
Je vous ai fait prier de revenir chez moi.

PHEDRIA.

Parlez.

THAIS.

Ce Parmenon est-il homme à se taire.

PARMENON.

Qui, moi ! parfaitement et sur toute matière.
On peut se reposer sur ma discrétion,
Mais je ne la promets qu'avec condition :
Si c'est bien vérité que tout ce qu'on avance,
Ma langue volontiers se résout au silence.
Mais si ce qu'on nous dit est vain ou mensonger,
A la discrétion bien loin de m'engager,
Je cours en informer quiconque veut m'entendre,
Et laisse mon secret comme l'eau se répandre.
Songez donc à ne rien nous dire que de vrai,
Et s'il faut qu'on se taise, alors je me tairai.

THAIS.

Quoique née à Samos, vous savez que ma mère
Habitait Rhodes.

PHEDRIA.

Qui...

PARMENON.

Soit, cela se peut taire.

THAÏS.

Laisse-moi, je te prie, achever, Parmenon.
Ce fut là qu'un marchand un beau jour lui fit don
D'une enfant que non loin, je crois, des murs
Un pirate avait prise.   [d'Athène

PHEDRIA.

Elle était citoyenne?

THAÏS.

Sans doute. — On la voulut interroger en vain
Dans l'espoir d'obtenir quelque indice certain,
Car cette pauvre enfant, dans l'âge le plus tendre,
Ne pouvait qu'à grand peine encor se faire en-
                                            [tendre.
Elle nommait son père et sa mère, il est vrai,
Mais ne disait plus rien du reste et l'ignorait.
Le marchand racontait avec quelque surprise
Qu'à dans l'Attique même elle avait été prise;
Qu'il l'avait ouï dire et s'en ressouvenait,
Aux pirates de qui lui-même la tenait.
Ma mère la voyant désormais sans famille,
En eut soin et l'aima comme sa propre fille;
Si bien que nous traitant avec même douceur,
Elle permit à gens de la croire ma sœur.
Cependant le désir me prend de voir Athène;
Je pars, et jusqu'ici cet étranger m'amène.
De ce jour, il me tint sous sa protection.
Puis-je n'honorer pas cette bonne action,
Et ne faire éclater nulle reconnaissance,
Alors que je dois tout à sa seule assistance?

PARMENON.

Vous ne pouviez aller sans mentir jusqu'au bout.

THAÏS.

Comment?

PARMENON.

Il n'est pas vrai que vous lui deviez tout;
Car, si vous voulez bien aussi le reconnaître,
Vous devez quelque chose aux bontés de mon
                                            [maître.

THAÏS.

J'en conviens. — Mais j'achève en deux mots mon
Bientôt, forcé de faire un voyage, il partit. [récit.
C'est alors, Phedria, que je vous pus connaître,
Heureuse, en vous aimant, de le laisser paraître,
Je crus, pour vous prouver combien vous m'êtes
                                            [cher,
Qu'il fallait vous tout dire et ne vous rien cacher.

PHEDRIA.

Quant à cela Thaïs, vous pouvez être sûre
Qu'il ne le taira point.

PARMENON.

Certes, je vous le jure.
La chose me paraît évidente de soi.

THAÏS.

Parle donc, si tu veux.

A Phedria.

Encore, écoutez-moi.
Quand ma mère mourut, son frère, assez avare,
Joyeux de posséder une fille si rare,
Et de tous ses attraits prompt à s'apercevoir,

Ne songea plus qu'au prix qu'il en pourrait avoir.
Il la mit donc en vente, et n'eut pas lieu d'at-
                                            [tendre,
Car il trouva d'abord dans Rhode à qui la vendre.
Cet ami qu'un hasard y faisait s'arrêter,
Fut justement celui qui la vint acheter;
Et comme en l'art de plaire on la disait unique,
Il voulut avec lui l'amener dans l'Attique
Pour m'en faire présent, n'ayant pas de soupçon
Quelle me pût connaître en aucune façon.
Le voilà de retour. Mais prenant connaissance
Des soins que je reçus de vous en son absence,
Il trouve cent raisons de ne point m'amener
Cette fille, qu'il a promis de me donner.
En un mot, si j'en crois les craintes qu'il m'avoue,
Il a peur qu'en secret de lui je ne me joue.
Mais un tout autre soin occupe ses esprits,
Et de la belle enfin je le vois fort épris.

PHEDRIA.

Ne s'est-il passé rien entre eux jusqu'à cette heure?

THAÏS.

Non, rien, quoique chez lui pourtant elle demeure.
J'ai, mon cher Phedria, le désir le plus vif
Qu'elle soit en mes mains, et voici mon motif:
D'abord comme une sœur, et parce que l'hime,
Puis pour la pouvoir rendre à son frère moi-même.
Je suis seule et sens bien qu'en face d'un danger
Je n'aurais point d'ami qui me vînt protéger;
C'est pourquoi je voudrais, en rendant cette fille,
Me faire des amis au moins dans sa famille.
Phedria, c'est à vous de m'aider aujourd'hui,
Puisqu'il me la refuse, à l'obtenir de lui.

PHEDRIA.

Soit; mais, pour vous servir que me faudra-t-il
THAÏS.   [faire?
Souffrez un jour ou deux que je vous le préfère.
Vous gardez le silence?

PHEDRIA.

Et que puis-je, en effet,
Vous dire encor, voyant ce que vous avez fait,
Cruelle?

PARMENON.

Bien. — Voilà comme il faut lui répondre.
Point de lâche faiblesse, et sachons la confondre.

PHEDRIA.

Avez-vous cru me prendre à tous ces vains détours,
Et que ce grand récit couvrirait vos amours?
Une petite fille ici même enlevée,
Par votre propre mère avec vous élevée,
Qu'on pût croire longtemps votre sœur, — et plus
(Vous avez eu raison de nommer le hasard) [tard,
Par ce même étranger et pour vous amenée
Dans cette même Attique où l'on dit qu'elle est
Que vous donnez à tout un air de vérité,   [née...
Et que cela me semble à propos inventé!
Certes, c'est trop de soin, et sans tant vous étendre,
Vous pouviez d'un seul mot, Thaïs, vous faire en-
                                            [tendre.
J'aurais compris d'abord, sans vous rien reprocher,
Que c'est ce Thrason seul qui vous a su toucher,
Et que vous avez peur que cette belle esclave
Ne vous prenne un amant si galant et si brave.

THAÏS.

Vous croyez...

PHEDRIA.

Prouvez-moi que j'ai tort, — j'y consens.
Ai-je mis à vos pieds les moins riches présents,
Et vous ai-je jamais donné droit de vous plain-
                               [dre
Qu'aux dons que je vous fais il faille me contrain-
Lorsque j'ai pu penser, sachant votre désir, [dre?
Que ce serait vous faire encor quelque plaisir
D'aller vous acheter une Éthiopienne,
N'ai-je pas tout quitté, Thaïs, qu'il m'en souvienne,
Pour vous en chercher une?

PARMENON.

               Et moi, vous ai-je dit
A quel prix l'effronté marchand nous la vendit?

PHEDRIA.

Quand il vous plut avoir, comme les grandes dames,
Un eunuque pour vous servir...

PARMENON.

                   Nous l'achetâmes.

PHEDRIA.

Hier encor j'ai donné vingt mines pour eux deux,
Ravi, dans mon chagrin, d'obéir à vos vœux;
C'est pourquoi vous craignez de m'ouvrir votre
THAÏS.   [porte.
Puisque vous voulez bien le prendre de la sorte,
Malgré tout le désir que j'ai de posséder
Cette fille et l'espoir qu'on me la peut céder,
Plutôt que de vous être un objet de colère,
Je ferai désormais tout ce qui vous doit plaire.

PHEDRIA.

Plût aux dieux que ce mot sortît de votre cœur!

PARMENON, à part.

De tout ce grand courroux un seul mot est vain-
THAÏS.   [queur.
Quelles marques d'amour m'avez-vous demandées
Que je ne vous les aie à l'instant accordées?
Cependant, Phedria, je vous prie instamment
De me donner deux jours...

PHEDRIA.

               Quoi! deux jours seulement?
J'ai peur que ces deux jours n'en précèdent vingt
THAÏS.   [autres.
Ne craignez pas cela. Quels soupçons sont les
                        [vôtres?
Je ne veux que deux jours, je vous le jure. — Ou
PHEDRIA.   [bien...
Ou bien?... Laissons cela, je n'écoute plus rien.

THAÏS.

Non, deux jours, voilà tout ce que je vous de-
PHEDRIA.   [mande.
C'est-à-dire, Thaïs, qu'il faut que l'on se rende.

THAÏS.

Que je vous aimerai, si vous faites cela!

PARMENON, à part.

Il est pris.

PHEDRIA.

            J'irai donc à la campagne, et là,
C'est un point résolu, je saurai me contraindre
A souffrir, loin de vous, ces deux jours sans me
                       [plaindre.
Toi, Parmenon, prends soin de conduire en ce lieu
Les deux esclaves.

PARMENON.

           Bien.

PHEDRIA.

           Adieu, Thaïs!

THAÏS.

                   Adieu,
Phedria! — N'avez-vous rien de plus à me dire?

PHEDRIA.

Que vous dirai-je encor? sinon que je désire
Écarter ce Thrason dont je me sens jaloux;
Vous savoir loin de lui, tant qu'il sera chez vous;
Que souffrant comme moi tous les maux de l'ab-
                       [sence,
A toute heure, en tout lieu, souhaitant ma pré-
                       [sence,
On vous voie inquiète, et le cœur plein d'amour,
Me nommer, m'appeler, me chercher nuit et jour;
Que Thaïs tout entière en un mot m'appartienne,
Puisque toute mon âme est liée à la sienne!
        Il entre chez son père avec Parmenon.

SCÈNE III.

THAÏS, seule.

Hélas! il doute encor de ma sincérité.
N'ayant rien dit pourtant qui ne soit vérité,
Je n'ai sur ce point-là nul reproche à me faire.
Je n'aime que lui seul, lui seul a su me plaire;
Et certes jusqu'ici tout ce que j'en ai fait
C'est bien pour cette fille enlevée en effet.
Car je connais son frère et suis presque certaine
Qu'il est d'une maison des meilleurs d'Athène;
De lui parler bientôt j'ai même quelque espoir,
Et je rentre chez moi pour le mieux recevoir.

ACTE DEUXIÈME.

SCÈNE PREMIÈRE.

PHEDRIA, PARMENON, sortant de la maison
de Lachès.

PHEDRIA.

Souviens-toi de mener ces esclaves chez elle,

PARMENON.

Soit; je vous donnerai cette preuve de zèle.

PHEDRIA.

Mais sur l'heure.

PARMENON.

Sur l'heure.

PHEDRIA.

A l'instant.

PARMENON.

           A l'instant.

PHEDRIA.

Tu m'entends, Parmenon?

PARMENON.

Certes, je vous entend,
Car la chose n'est pas si difficile à faire;
Et je voudrais vous voir, en toute cette affaire,
Aussi sûr de gagner quelque chose de bon,
Que vous êtes certain de perdre votre don.

PHEDRIA.

C'est bien plus mon repos, hélas! que je regrette,
Et ce don ne vaut pas que l'on s'en inquiète.

PARMENON.

Assurément. — Voilà comme il faut raisonner.
Ne vous reste-t-il rien de plus à m'ordonner?

PHEDRIA.

Ajoute à ce présent quelque galanterie,
Et tâche d'écarter mon rival, je te prie.

PARMENON.

J'y songeais, et vraiment vous n'aviez pas besoin
De me recommander que j'en prisse le soin.

PHEDRIA.

Quant à moi, je m'en vais aux champs.

PARMENON.

A la bonne heure!

PHEDRIA.

Mais, dis-moi...

PARMENON.

Qu'est-ce encor?

PHEDRIA.

Crois-tu que j'y demeure?

PARMENON.

Vous? Non, je n'en crois rien. Vous n'y pourrez
Car à peine arrivé vous voudrez revenir. [tenir;

PHEDRIA.

Non, non, ne pense pas qu'aujourd'hui je re-

PARMENON. [vienne.

Dès ce soir l'insomnie en ce lieu vous ramène.

PHEDRIA.

Je veux me fatiguer si bien, que malgré moi
Je dorme.

PARMENON.

Vous ferez mieux encore, ma foi :
Vous vous fatiguerez sans dormir davantage.

PHEDRIA.

Ah! tais-toi, — Je rougis de mon peu de courage,
Et m'en veux de souffrir chez moi ces lâchetés.
Quoi donc! si pour trois jours entiers je la quittais,
Je ne pourrais trois jours supporter son absence?

PARMENON.

Trois grands jours tout entiers! — Cela vaut qu'on
[y pense.

PHEDRIA.

Adieu! je n'en veux pas avoir le démenti.

PARMENON.

C'est chose résolue?

PHEDRIA.

Oui, j'ai pris mon parti.
Il s'éloigne.

SCÈNE II.

PARMENON, seul. [maître
De quel mal avez-vous, bons dieux, frappé mon

Que l'on ne puisse plus déjà le reconnaître?
Se peut-il que l'amour change si fort les gens?
Nul n'était moins que lui l'esclave de ses sens,
Nul n'était plus prudent, plus adroit et plus sage,
Nul enfin...

Apercevant Gnaton.

Mais quel est ce nouveau personnage?
C'est de notre soldat le digne compagnon,
Gnaton, le parasite; oui vraiment, c'est Gnaton.

Gnaton paraît avec Pamphila et une servante.

Il conduit chez Thaïs, cette esclave, je pense.
Oh, oh, la belle fille et quel air d'innocence!
Le moyen maintenant que mon vieil animal
D'eunuque délabré, ne soit pas reçu mal?

Il se range du côté de la maison de Thaïs.

SCÈNE III.

GNATON, PARMENON, PAMPHILA, UNE SER-
VANTE.

GNATON, *descendant sur le devant du théâtre sans
voir Parmenon.*

Grands dieux! combien peut-on différer d'homme
[à homme,
Et combien il est plus avantageux, en somme,
D'être parmi les gens d'esprit, qu'au rang des sots!
Cette réflexion me vint à ce propos :
Comme je dirigeais mes pas vers cette place,
Le hasard a voulu que je me rencontrasse
Avec un certain homme, autrefois mon ami,
Qui, nullement avare et prudent à demi,
Fricassa comme moi tout son bien. — A sa vue
De pitié tout d'abord je me sens l'âme émue;
Je l'aperçois de loin, couvert de vieux haillons,
Pâle, maigre, hideux et traînant les talons;
— Comme te voilà fait, hélas! par quel prodige
Te vois-je en cet état déplorable? lui dis-je.
— C'est, me répondit-il, qu'il ne me reste rien
Et que j'eus le malheur de perdre tout mon bien.
A quoi suis-je réduit? tous ceux qui me connais-
[sent
Loin de me secourir, aujourd'hui me délaissent,
Et mes meilleurs amis m'ont tous abandonné. —
De ce lâche discours justement étonné,
— Quoi donc! lui repartis-je, homme faible et
[stupide,
Aussi bien que ta bourse, as-tu la tête vide,
Qu'en cette extrémité tu n'imagines pas
Quelque moyen adroit de sortir d'embarras?
Je fus fort pauvre aussi, si ma mémoire est bonne;
Daigne arrêter pourtant tes yeux sur ma personne :
Vois quel teint, quels habits et quelle propreté,
Quel dehors florissant et prospère en santé!
Quoiqu'on puisse égaler ma ruine à la tienne,
Il n'est rien que je n'aie et qui ne m'appartienne.
— Quant à moi, me dit-il, je sens que je ne puis
Faire rire personne en l'état où je suis,
Et que ce même état, hélas! si misérable
Au métier de bouffon est encor préférable,
Né pouvant me résoudre à supporter les coups. —

Eh! crois-tu qu'il en soit de la sorte avec nous?
Non, cela se faisait peut-être chez nos pères,
Mais ce n'est plus le temps de ces façons grossières.
Aujourd'hui nous avons mille piéges nouveaux,
Et nous connaissons tous l'art de tendre aux oi-
                                          [seaux.
C'est moi qui le premier ai découvert la voie.
Il est de certains sots, bonne et facile proie,
Qui, se voulant donner pour d'importantes gens,
Aiment fort qu'on les mette en tout aux premiers
                                          [rangs.
Ces gens-là sont mon fait.—Partout je les admire,
Et ne trouve d'esprit qu'en ce qu'ils peuvent dire;
Mais je me moque d'eux et je leur ris au nez
Sans qu'ils aient lieu jamais de se croire bernés.
Nos moindres sentiments se règlent de manière
A ne se heurter point sur aucune matière.   [cord,
Quoi qu'ils disent, c'est bien et j'en tombe d'ac-
Puis s'ils changent d'avis, je m'y soumets encor.
Enfin c'est une loi qu'en tout temps je m'impose
De ne jamais blâmer personne en quelque chose;
C'est le plus sûr moyen et le plus positif
De se faire un métier facile et lucratif.

PARMENON, *sans être entendu de Gnaton.*
Ma foi, ce coquin-là n'a pas tort, ce me semble.

GNATON.
Au marché cependant nous arrivons ensemble.
Aussitôt d'accourir au-devant de mes pas
Afin de m'inviter à quelque bon repas,
Rôtisseurs, oiseleurs et vendeurs de marée;
Mon compagnon leur montre une mine effarée,
Tandis qu'à mon aspect, prenant un air ravi,
Chacun d'eux me salue et m'aborde à l'envi
Pour honorer en moi l'homme de la dépense
Et me bien assurer de sa reconnaissance.
Le pauvre malheureux tourmenté par la faim
Commence à s'accuser de sa sottise enfin,
Jurant que cette vie agréable et facile
Lui plaît et qu'il veut être à mes leçons docile.
Je lui commande donc de me suivre en tous lieux,
Afin que par le monde entier, s'il plaît aux dieux,
Mes disciples un jour, suivant la mode ancienne,
Soient nommés de mon nom secte gnatonicienne.

PARMENON.
Ce que c'est que de vivre à la charge d'autrui!

GNATON.
Mais Thaïs avec nous doit dîner aujourd'hui;
De la part de Thrason, il faut que je l'invite,
Et remette en ses mains cette esclave au plus vite.
Songeons à m'acquitter de ma commission.
Apercevant Parmenon.
Que vois-je? n'est-ce pas mon ami Parmenon?
Qu'attend-il là devant?—Par ma foi, sa figure,
Tristement allongée est d'un heureux augure,
Et je ris que Thaïs nous garde un bon accueil
Pendant que ce valet se morfond sur son seuil.
Amusons-nous un peu de sa mélancolie.

PARMENON, *à part, regardant la jeune esclave.*
Certes, de ce présent Thaïs sera ravie.

GNATON.
Salut à Parmenon. — Comment te portes-tu?

PARMENON.
Sur mes jambes.

GNATON.
Fort bien. — Quoi de neuf?

PARMENON.
La vertu.

GNATON.
Est-ce tout?

PARMENON.
La mauvaise et la bonne fortune,
La beauté, la pudeur, le soleil et la lune.

GNATON.
Quoi de vieux en ce cas?

PARMENON.
La lune et le soleil.

GNATON.
Veux-tu que je te donne un utile conseil?

PARMENON.
Parle.

GNATON.
Va te coucher et prend de l'ellébore.

PARMENON.
Je garde assez de sens et de lumière encore
Pour voir ce que tu vaux.

GNATON.
Qu'est-ce que je vaux?

PARMENON.
Rien.

GNATON.
Rien?

PARMENON.
Beaucoup moins qu'un âne et beaucoup
                                [moins qu'un chien,
Etant, avec un corps presque semblable au nôtre,
Plus vorace que l'un, et plus bête que l'autre.

GNATON.
Tu parais mécontent?

PARMENON.
Je le suis de te voir.

GNATON.
Penses-tu que Thaïs veuille nous recevoir?

PARMENON.
Oui,
Montrant l'esclave.
La porte est pour elle, et pour toi la fenêtre.

GNATON.
Notre nouvelle esclave est de ton goût peut-être,
Que t'en semble?

PARMENON.
Vraiment tout en elle est fort beau.

GNATON, *à part.*
Il enrage.

PARMENON, *à part.*
Le traître!...

GNATON.
Après un tel cadeau,
Quels doux remercîments crois-tu que l'on nous
                                          [fasse?

PARMENON.
Vous voulez l'emporter, et que Thaïs nous chasse;
Mais songez qu'en ce monde et surtout entre
                                          [amants
Chaque chose est soumise à de grands change-
Nous aurons notre tour.   [ments.

GNATON.
Je vais donc te permettre
De prendre du repos auprès de ton cher maître :
Tu n'auras plus l'ennui de veiller jusqu'au jour,
Ni non plus de porter ses messages d'amour.
Je te veux, Parmenon, rendre ce bon office.

PARMENON.
J'en suis aise.

GNATON.
Il n'est rien que pour toi je ne fisse.

PARMENON.
Merci.

GNATON.
Mais quelque affaire ailleurs doit t'appeler,
Je ne te retiens plus et tu peux t'en aller.

PARMENON.
Je me trouve fort bien céans et j'y démeure.

GNATON.
De grâce, chez Thaïs conduis-moi tout à l'heure.

PARMENON.
Va, va, tu peux entrer avec de tels présents.

GNATON.
Faudra-t-il t'envoyer quelqu'un de là-dedans ?
Gnaton entre chez Thaïs avec Pamphila et la servante.

PARMENON.
Oui, félicite-toi d'ouvrir du doigt sa porte,
Mais laisse, dans deux jours je saurai faire en sorte
Que de cent coups de pied tu la charges en vain.

GNATON, paraissant sur le seuil.
Je te vois encor là ! Ho, ho, dans quel dessein ?
Est-ce que Phedria t'a mis en sentinelle
Pour empêcher Thaïs de recevoir chez elle
Quelque adroit messager de l'amoureux Thrason
Qui voudrait sans bruit glisser dans la maison ?

PARMENON.
Combien ces choses-là sont plaisantes à dire !
Que cet homme a d'esprit et que Thrason doit rire !
Gnaton rentre chez Thaïs.

PARMENON, apercevant Cherea.
Mais ce vieillard je vois le jeune fils,
Il vient vers cette place, et j'en suis fort surpris,
Car ce matin, au port, je le croyais de garde.
Qu'a-t-il ? de tous côtés le voilà qui regarde...
Ce fou s'est à son tour mis dans quelque embarras.

SCÈNE IV.
PARMENON, CHEREA.

CHEREA, entrant sans voir Parmenon.
C'en est fait, je suis mort, je ne l'aperçois pas !
Qu'est-elle devenue et qui peut me l'apprendre ?
Où suis-je ? où dois-je aller ? quel chemin faut-il
[prendre ?
Je ne sais et je perds mon temps à la chercher.
Mais elle cessera bientôt de se cacher.
C'est mon unique espoir !... O l'aimable visage !
D'elle seule en mon cœur gardons là douce image.
Ces communes beautés qu'on rencontre en tous
[lieux
Sont désormais sans charme et sans grâce à mes
[yeux.

PARMENON, à part.
Parle-t-il pas d'amour ? Hélas ! malheureux père,
Ton jeune fils n'est pas plus sage que son frère !
Si celui-là s'avise aussi d'être amoureux,
L'autre, sans contredit, est le moins fou des deux.

CHEREA.
Maudit soit ce vieillard, importun personnage,
Qui se vint sottement jeter sur mon passage,
Et moi, plus sot que lui pour l'avoir écouté,
Et m'être à ses propos si longtemps arrêté !
Apercevant Parmenon.
Ah ! Parmenon, bonjour.

PARMENON.
Bonjour ! mais quelle mine !
Que vous arrive-t-il ? qu'est-ce qui vous chagrine ?
D'où sortez-vous ?

CHEREA.
Hélas ! je suis tout hors de moi.
Je ne sais où je vais ni d'où je viens.

PARMENON.
Pourquoi ?

CHEREA.
J'aime, et si tu ne veux, Parmenon, que je meure,
Il me faut secourir.

PARMENON.
Eh ! bons dieux !

CHEREA.
Voici l'heure
D'employer ton esprit à me bien seconder.
Souviens-toi qu'autrefois tu promis de m'aider,
Lorsque je t'apportais, la nuit, avec mystère,
Les meilleurs mets ravis aux repas de mon père.
—Cherea, disais-tu, vous n'avez qu'à choisir
Une fille qui soit selon votre désir,
Et vous verrez quel homme utile je puis être.
Voilà ce que vingt fois tu m'es venu promettre.

PARMENON.
Allez, badin.

CHEREA.
Mon choix est fait. —Songe à ton tour
A tenir ta promesse en servant mon amour.
L'occasion est belle et la gloire assez rare
Pour me te montrer point de tes ruses avare.
Unis, cher Parmenon, tout ton esprit au mien,
Et surtout ne crois pas qu'elle ressemble en rien
A ces maigres beautés, sans gorge et sans épaules,
Qui, debout sur leurs pieds, comme de grandes
[gaules,
Instruites que pour plaire il faut n'engraisser pas,
Tremblent de voir florir ce qu'elles ont d'appas
Se privent de sommeil comme de nourriture,
Afin de surmonter leur heureuse nature,
Et d'un peu d'embonpoint craignant l'infirmité,
N'appréhendent rien tant que leur bonne santé.
Il est vrai, j'en conviens, que cette maigreur même
Est un charme de plus pour celui qui les aime.

PARMENON.
Qu'est-ce donc que la vôtre ?

CHEREA.
Elle est belle à souhait.

PARMENON.
Oui !...

CHERÉA.
La bouche vermeille, un embonpoint parfait,
Les bras ronds et le reste enfin comme je l'aime.

PARMENON.
De quel âge?

CHERÉA.
Seize ans à peine.

PARMENON.
La fleur même!

CHERÉA.
Par force ou par adresse il nous la faut avoir.

PARMENON.
Oui, mais il est d'abord une chose à savoir :
A qui me dites-vous qu'appartient cette fille?

CHERÉA.
Je ne sais.

PARMENON.
Vous devez connaître sa famille?

CHERÉA.
Nullement.

PARMENON.
Son pays?

CHERÉA.
Non.

PARMENON.
Sa demeure?

CHERÉA.
Point.

PARMENON.
Nous voilà comme il faut instruits sur chaque
Vous l'avez rencontrée?... [point.

CHERÉA.
Ici près, dans la rue.

PARMENON.
Pourquoi l'avez-vous donc perdue alors de vue?

CHERÉA.
Eh! c'est ce dont j'enrage! Est-on plus dépité?
De cette occasion n'avoir pas profité!
Que je suis malheureux!... Je crève de colère!

PARMENON.
Quel motif?...

CHERÉA.
Tu connais cet ami de mon père,
Ce vieil Archimenide?...

PARMENON.
Qui bien.

CHERÉA.
Maudit vieillard,
Que la peste et la fièvre étranglent le bavard!
Depuis cinq ou six mois au moins, je te le jure,
Je n'avais de cet homme entrevu la figure,
Je n'en ressentais pas, il est vrai, plus d'ennui,
Et me pouvais passer de le voir aujourd'hui.

PARMENON.
Je le crois.

CHERÉA.
Cependant il m'aperçoit à peine,
Qu'il accourt tout courbé, tremblant et hors d'ha-
[leine;
— Holà! oh! Cheréa, ne m'entendez-vous pas?
Se met-il à crier; ralentissez le pas,
Il faut que je vous parle. — A ses cris, je m'arrête,

Et courageusement à l'ouïr je m'apprête.
— Eh bien! qu'est-ce?, lui dis-je; en quoi vous
[puis-je aider?
Parlez. — C'est, répond-il, pour vous recom-
[mander
De bien faire savoir vous-même à votre père
Que l'on doit décider demain sur mon affaire. —
Une heure s'est passée à dire ces deux mots.

PARMENON.
Certes ce vieillard-là survint mal à propos.

CHERÉA.
Ah! c'est un coup du sort. — N'ayant plus rien à
Il reprend son chemin, et moi de le maudire, [dire,
Et de hâter le pas aussitôt, dans l'espoir
De joindre cette fille ou de l'apercevoir.
Hélas! de toutes parts je porte en vain la vue.
Je ne sais, Parmenon, ce qu'elle est devenue.
Elle se dirigeait pourtant de ce côté,
J'en suis sûr.

PARMENON, à part.
Ah! je vois quelle est cette beauté.

CHERÉA.
Je ne l'aperçus point non plus sur cette place.

PARMENON.
Je vous veux, Cheréa, remettre sur sa trace.

CHERÉA.
Que dis-tu, Parmenon?

PARMENON.
Ne la suivait-on pas?
La rencontrâtes-vous seule?

CHERÉA.
Non, sur ses pas
Marchait une servante avec un parasite.

PARMENON.
Plus de doute, je sais où votre belle habite.

CHERÉA.
Tu sais cela?

PARMENON.
Fort bien.

CHERÉA.
Tu la connais, dis-moi,
Tu l'as vue?

PARMENON.
Oui, vraiment, tout comme je vous voi.

CHERÉA.
Tu la connais, tu peux me dire sa demeure,
Parmenon?

PARMENON.
Elle vient d'entrer là, tout à l'heure.
C'est un nouveau présent que l'on fait à Thaïs.

CHERÉA.
Qui lui peut envoyer un présent d'un tel prix?

PARMENON.
L'aimable et beau Thrason, rival de votre frère.

CHERÉA.
Avec de tels cadeaux on est certain de plaire.
Ce Thrason est pour vous un homme dangereux.

PARMENON.
Votre frère, il est vrai, n'est pas si généreux.
A Thaïs, aujourd'hui, savez-vous ce qu'il donne?

CHERÉA.
Non.

PARMENON.

Un eunuque.

CHÉRÉA.

Quoi! c'est l'eunuque?...

PARMENON.

En personne.

CHÉRÉA.

Ce vilain eunuque?

PARMENON.

Oui.

CHÉRÉA.

Qu'il te fit acheter?

PARMENON.

Le même.

CHÉRÉA.

En bonne foi, vous voulez plaisanter?

PARMENON.

Point.

CHÉRÉA.

Mais, dis-moi, Thaïs est donc notre voisine?

PARMENON.

Oui, depuis peu de temps.

CHÉRÉA.

Ah! cela me chagrine
De ne la point connaître. — Est-ce, comme l'on dit,
Une rare beauté? réponds.

PARMENON.

Sans contredit.

CHÉRÉA.

Cette beauté n'est rien quand on a vu la nôtre!
Peut-on à celle-là comparer aucune autre?

CHÉRÉA.

Où vas-tu maintenant?

PARMENON.

Je retourne au logis.
Il est temps de mener l'eunuque chez Thaïs.

CHÉRÉA.

O fortuné vieillard, que ne suis-je à ta place!

PARMENON.

Pourquoi cela?

CHÉRÉA.

Sans craindre, hélas! qu'on ne le chasse,
A toute heure du jour cet homme la peut voir,
Lui parler, l'admirer, à ses côtés s'asseoir;
Enfin, cher Parmenon, on lui va tout permettre,
Et dans la même chambre ils dormiront peut-être.

PARMENON.

Que ne vous mettez-vous à sa place, en effet?

CHÉRÉA.

A sa place, comment?

PARMENON.

Ce serait bientôt fait.

CHÉRÉA.

Achève, je te prie.

PARMENON.

En prenant son costume.

CHÉRÉA.

En prenant son costume, ensuite?

PARMENON.

Je présume
Que l'on vous mène alors dans la maison...

CHÉRÉA.

Et puis?

PARMENON.

Qu'on vous donne à Thaïs sous son nom...

CHÉRÉA.

Bon, j'y suis,
Je comprends.

PARMENON.

Son bonheur devient votre partage;
Vous jouissez dès lors de ce rare avantage
De pouvoir à toute heure admirer sa beauté,
Et de l'entretenir en toute liberté.

CHÉRÉA.

Oui, voilà le conseil le plus sage du monde.
Allons, que Parmenon jusqu'au bout me seconde;
Ajuste-moi, mets-moi l'habit de ce vieillard,
Afin de me mener chez Thaïs sans retard.

PARMENON.

Quel est votre projet? Vraiment je voulais rire.

CHÉRÉA.

Hâtons-nous.

PARMENON.

Oubliez tout ce que j'ai pu dire.
Qu'ai-je fait, malheureux? hélas! je suis perdu.
Pour ce méchant avis un châtiment m'est dû.

CHÉRÉA.

Allons!

PARMENON.

Encor?

CHÉRÉA.

Je suis décidé.

PARMENON.

Prenez garde!

CHÉRÉA.

Je ne vois nul danger.

PARMENON.

Oui, cela me regarde;
Les coups sont pour moi seul.

CHÉRÉA.

Viens.

PARMENON.

Nous agissons mal.

CHÉRÉA.

Est-ce donc à tes yeux un crime sans égal?
Est-on vraiment coupable et n'a-t-on nulle excuse
De prendre de la sorte à quelque bonne ruse
Ces perfides beautés qui se moquent de nous?
N'est-ce pas, Parmenon, un plaisir des plus doux
De leur pouvoir enfin, par d'adroits stratagèmes,
Jouer de ces bons tours qu'on nous joue à nous-mêmes?
Tromper ainsi son père est pour tous odieux,
Mais tromper une femme est toujours glorieux!

PARMENON.

A de telles raisons il faut bien que l'on cède.
Au moins, si je consens à vous prêter mon aide,
Ne rejetez jamais la faute sur moi.

CHÉRÉA.

Non!

PARMENON.

Vous le voulez?

CHERÉA.

Je veux, j'ordonne, Parmenon.

PARMENON.

Vous répondez de tout ?

CHERÉA.

C'est moi qui t'autorise.

PARMENON.

Allons, et que les dieux servent notre entreprise !
Ils entrent tous deux chez Lachès.

ACTE TROISIEME.

SCÈNE PREMIÈRE.

THRASON, GNATON, *puis* PARMENON.

THRASON.

Thaïs me fait, dis-tu, de grands remercîments ?

GNATON.   [ments,

Très-grands ; mais je connais ses secrets senti-
Et que ce n'est point tant pour le présent lui-
Qu'à cause qu'il lui vient de vous.   [même

THRASON.

C'est qu'elle m'aime.

GNATON.

Il le faut croire ainsi.

THRASON.

Je le crois.

GNATON.

Il est doux

Et glorieux d'aimer un homme tel que vous.

PARMENON, *sortant de chez Lachès.*

Voyons si je puis faire à Thaïs ma visite.

Apercevant Thrason.

Bon ! j'aperçois notre homme avec son parasite.

Il se tient à distance.

THRASON.

C'est un don que je tiens des dieux assurément,
Que je ne fasse rien qu'on ne trouve charmant.

GNATON.

Sans doute.

THRASON.

Aussi le roi m'avait en grande estime.

GNATON.

Je le crois bien.

THRASON.

J'étais son confident intime.
Il me complimentait sur tout, à tout propos,
Et ne manquait jamais de rire à mes bons mots.
Certe il ne traitait pas de la sorte les autres.

GNATON.

C'est que leurs qualités ne sont rien près des vôtres ;
Quand on met tant d'esprit dans ses moindres dis-
On est bien assuré de l'emporter toujours. [cours,
Le roi ne se pouvait passer de vous, je pense.

THRASON.

Non, vraiment, j'avais seul toute sa confiance.

GNATON.

C'est fort beau.

THRASON.

Ses soldats n'obéissaient qu'à moi.

GNATON.

Admirable !

THRASON.

Souvent, lorsque las d'être roi

Et que rassasié de l'homme et de l'empire,
Il voulait... tu comprends ce que je te veux dire ?

GNATON.

S'enfuir loin de sa cour pour chasser son ennui.

THRASON.

Juste.—J'étais le seul qu'il gardât près de lui.
Nous dînions tous les jours ensemble en tête-à-tête.

GNATON.

Vous parlez-là d'un roi qui n'est pas une bête,
Et qui choisit son monde, oui !

THRASON.

Je ne connais pas,

De vrai, beaucoup de gens dont cet homme fît cas.

GNATON.   [tonfie

Lorsqu'on vous voit ainsi, croyez-vous qu'on s'é-
Qu'un roi ne puisse plus faire cas de personne ?

THRASON.

Ils étaient tous jaloux de moi.

GNATON.

Cela s'entend.

Chacun me déchirait dans l'ombre à coups de dent.
Moi, je me contentais de leur répondre à peine
Et de prendre en pitié leur misérable haine.
Le chef des éléphants, l'un de mes ennemis,
Le plus sot personnage et le plus ennuyeux,
Dont j'avais jusque-là méprisé la morsure,
Vint un jour m'attaquer et passa la mesure,
—Eh ! lui dis-je, Straton, sont-ce tes éléphants
Qui te font prendre ici de ces airs triomphants ?

GNATON.

Bien dit ! — Comme ce mot vous étrangle votre

PARMENON, *à part.*   [homme !

Est-il plat flagorneur plus digne qu'on l'assomme ?

GNATON.

Que vous répondit-il ?

THRASON.

Il se tut aussitôt.

GNATON.

Le moyen, en effet, de vous répondre un mot ?—

PARMENON, *à part.*   [source.

Cet homme-là, grand dieux, est perdu sans res-
Le coquin, non content de lui vider sa bourse
Lui trouble encor l'esprit.

THRASON.

Et comme j'ai traité

Ce jeune Rhodien ; te l'ai-je raconté ?

GNATON.

Jamais.—Dites-le moi, j'ai hâte de l'apprendre.

À part.

C'est la centième fois qu'il me force à l'entendre.

THRASON.

Je vis donc ce jeune homme un jour dans un festin;
Vers la fin du repas, excité par le vin,
Il se mit à parler d'amour à ma maîtresse!
—Voyez ce jeune sot qui veut qu'on le caresse,
Dis-je, il n'a point encore un poil à son menton
Et se croit faire aimer des femmes! —

GNATON.

Oh! très-bon!

THRASON.

Qu'en dis-tu?

GNATON, *riant*.

Ha! ha!

THRASON.

Quoi?

GNATON.

Parfait!

THRASON.

Hein?

GNATON.

Admirable!
Délicieux! divin! — le mot est impayable!

THRASON.

Tu trouves?

GNATON.

De ce mot savez-vous tout le prix?
Est-il vraiment de vous?

THRASON.

Oui.

GNATON.

Je l'ai toujours pris
Pour un des meilleurs mots des anciens.

THRASON.

C'est peut-être
Qu'on te l'a répété?

GNATON.

Plus d'une fois.

PARMENON, *à part*.

Le traître!

THRASON.

Il est de moi.

GNATON.

Je songe à ce pauvre garçon;
Il reçut là de vous une bonne leçon.

PARMENON, *à part*.

Vil complaisant, les dieux puissent-ils te confon-
[dre!

THRASON.

Il ne répliqua rien.

GNATON.

Que peut-on vous répondre
Lorsque vous renversez les gens du premier coup?

THRASON.

Ceux qui se trouvaient là s'amusèrent beaucoup.
Tout le monde me craint depuis cette aventure.

GNATON.

Cette crainte pour vous est loin d'être une injure.

THRASON.

Mais changeons de propos, Gnaton.—Es-tu d'avis
Que je me justifie en face de Thaïs,
Sur le soupçon qu'elle a que j'aime cette esclave?

GNATON.

Non; qu'à ses yeux plutôt votre crime s'aggrave.

THRASON.

Pourquoi?

GNATON.

Connaissez mieux les ruses de l'amour:
Il faut que ses soupçons croissent de jour en jour.

THRASON.

Encor pour quel motif?

GNATON.

Faut-il qu'on vous le dise?
Pour vous faire dépit, si la belle s'avise
De louer Phedria devant vous....

THRASON.

Bon: eh bien?

GNATON.

Parlez de Pamphila. — C'est le meilleur moyen
De lui fermer la bouche. — Elle dira peut-être
Que son cher Phedria désire vous connaître
Et quelle vous veut voir ensemble.—Aussitôt vous:
« Appelons Pamphila pour chanter devant nous. »
Le dit-elle bien fait, dites-la sans rivale;
Enfin que la partie entre vous reste égale;
Louange pour louange et détour pour détour,
Si vous la voulez faire enrager à son tour.

THRASON.

Cela serait fort bon si j'étais aimé d'elle.

GNATON.

L'amour qu'elle a pour vous clairement se décèle,
Puisqu'on voit dans ses yeux tant de joie éclater,
A chaque don nouveau que je lui viens porter,
Et le soin qu'elle prend de ne vous point déplaire
Montre assez qu'elle craint surtout votre colère
Et que vous ne portiez ailleurs, pour la punir,
Tout le bien que de vous elle espère tenir.

THRASON.

C'est vrai; — mais, j'en conviens, ma surprise est [extrême
De n'avoir pas trouvé ces raisons-là moi-même.

GNATON.

C'est que vous n'avez pas réfléchi, car, ma foi, [moi,
Vous les pourriez trouver encor bien mieux que

SCÈNE II.

THAÏS, THRASON, PARMENON, GNATON,
PYTHIAS, *deux autres* SERVANTES *de Thaïs*.

THAÏS, *sortant de chez elle*.

Je reconnais la voix de Thrason, ce me semble.

GNATON, *à Thrason*.

Thaïs vient vers nous.

PARMENON, *à part*.

Bon, les voilà tous ensemble.

THAÏS, *allant à Thrason*.

C'est lui, mon cher Thrason.

THRASON.

O Thaïs, mon cher bien,
Que fait-on aujourd'hui? quelle nouvelle? — Eh
[bien,
M'aimez-vous? est-ce moi que votre cœur préfère
Pour le nouveau présent que je viens de vous faire?

PARMENON, *à part*.

Comme cet homme-là vous tourne un compliment!
L'aimable et beau début digne d'un tel amant!

THAÏS, à *Thrason*.

Ne vous aime-t-on pas pour votre seul mérite?

GNATON.

Entrons chez vous, afin de dîner au plus vite.

PARMENON.

Celui-là vaut bien l'autre; ils sont de même sang.

Montrons-nous à Thaïs...

Il s'avance vers Thaïs.

THAÏS, à *Thrason*.

Entrons donc, j'y consen.

Apercevant Parmenon.

Ah! Parmenon!

PARMENON, *se plaçant entre elle et Thrason.*

J'allais frapper à votre porte.

THAÏS.

Tu viens mal à propos; car il faut que je sorte.

PARMENON.

Où donc allez-vous?

THAÏS, *bas.*

Quoi! ne vois-tu pas Thrason?

PARMENON.

Je le vois et maudis sa vue avec raison.

THRASON, à *Gnaton.*

Que lui dit-il?

PARMENON.

Souffrez que je puisse remettre

Entre vos mains, Thaïs, les présents de mon maître,

GNATON.

Pourquoi n'entrons-nous pas?—Qu'attendons-nous

PARMENON.   ici?

De grâce, permettez qu'on nous écoute aussi.

THRASON.

Croit-il donc ses présents comparables aux nôtres?

PARMENON.

Thaïs en va juger.

GNATON, à *Thrason.*

Entrons.

PARMENON, *allant vers la maison de Lachès et
appelant.*

Holà, vous autres,

Amenez-nous les deux esclaves.

*L'Esclave Éthiopienne et Chérea vêtu d'un habit d'eunu-
que paraissent conduits par deux autres esclaves.*

GNATON.

C'est trop fort!   Pour le coup,

A part.

Je me sens un appétit de loup.

SCÈNE III.

LES MÊMES, L'ESCLAVE ÉTHIOPIENNE, CHÉREA.

PARMENON.

Avancez.

Montrant l'esclave Éthiopienne.

Cette fille est Éthiopienne.

THRASON.

Oui, voilà qui vaut bien quatre mines.

GNATON.

A peine.

PARMENON, *tirant Chérea par la main.*

Et toi, Dorus, pourquoi t'en vas-tu te cacher?

Approche.

A Thaïs.

Vous pouvez le voir et le toucher.

Quelle fleur de jeunesse et quelle belle mine!

THAÏS.

Il a vraiment bon air.

PARMENON.

Gnaton qui l'examine,

Ne découvre-t-il point en lui quelque défaut?

A Thrason.

Et vous?—Vous vous taisez?—C'est plus qu'il ne

[m'en faut;

Votre propre silence est son plus bel éloge.

Que chacun maintenant l'éprouve et l'interroge

Sur les lettres, les arts, la palestre;—il sait tout.

THRASON.

Ma foi, ce jeune esclave est aussi de mon goût.

PARMENON.

On le croirait sorti d'une bonne famille.

THAÏS.

Il semble intimidé comme une jeune fille.

PARMENON.

Celui qui vous envoie un tel gage d'amour

N'a jamais eu dessein d'exiger en retour   [tres,

Que vivant pour lui seul, fermant la porte aux au-

Vous ne receviez plus d'autres dons que les nôtres.

Il est vrai que peu propre à conter ses combats,

Des blessures qu'il cache il ne vous parle pas,

Et de tous ses hauts faits vous étalant l'histoire,

Ne vous entretient pas nuit et jour de sa gloire,

Mais peut-être, Thaïs, ne vous gêne-t-il point

Comme de certains sots qui ne sont pas bien loin.

THRASON.

De semblables discours laissent assez paraître

Quel misérable gueux ce valet a pour maître.

GNATON.   [soit

Par Hercule, il est vrai qu'un homme quel qu'il

Doit rougir de garder de telles gens chez soi,

Et qu'il faut n'avoir pas dans la poche une obole...

PARMENON, *le menaçant.*

Coquin, n'ajoute pas une seule parole!...

THAÏS, à *Pythias.*

Va, Pythias, conduis ces esclaves chez nous.

CHÉREA, *bas, à Parmenon.*

Chez elle, Parmenon! ô bonheur!

PARMENON, *bas.*

Taisez-vous.

PYTHIAS, à *Dorus.*

Qu'attends-tu là, Dorus? Suis-moi.

CHÉREA, *à part.*

Dieux!

PARMENON, *bas, à Chérea.*

Bouche close.

THAÏS, à *Pythias.*

Que fait notre nouvelle esclave?

PYTHIAS.

Elle repose.

THAÏS.

Gardez-la bien tous deux.... J'ai plus d'une raison

De ne la laisser pas sortir de la maison.

Quant à Chremès, s'il vient pour me rendre visite,

Mène-le chez Thrason.

GNATON.

O bavarde maudite !

THAÏS, *à Parmenon.*

Toi, mon cher Parmenon...

GNATON.

Ne dînerons-nous pas ?

THAÏS.

Va voir si tout est prêt... nous marchons sur tes pas.

GNATON.

C'est cela, je vais faire un tour à la cuisine.

THRASON.

Attends encore.

GNATON.

Non, sa lenteur m'assassine.

Il sort.

THAÏS, *bas à Parmenon.*

Porte mes compliments à ton maître ; dis-lui
Que je partage bien sa peine et son ennui,
Que c'est lui seul que j'aime et que bientôt j'espère...

THRASON, *à part.*

Que se disent-ils là ? pourquoi tout ce mystère ?

PARMENON, *à Thaïs, de manière à être entendu*
de Thrason.

Il serait glorieux pour vous assurément
Que chacun vous pût voir au bras d'un tel amant,
Et que l'on sût partout aujourd'hui dans Athène
Que vous allez dîner chez le grand capitaine.

THRASON.

Il parle de bon sens.

THAÏS.

Allons.

THRASON.

Par Jupiter !

Ce garçon-là n'est pas si sot qu'il en a l'air.

Il sort avec Thaïs.

PARMENON.

Grand merci ! Voilà bien de mes gens sans vergogne !

SCÈNE IV.

PARMENON, *puis* CHREMÈS.

PARMENON.

Allons au cabaret achever ma besogne.
Apercevant Chremès qui entre par le fond du théâtre,
tragiquement drapé dans son manteau et marchant tête
baissée.
Cet homme a, sur ma foi, l'air d'un poète à jeun.
Otons-nous de céans, de peur d'être importun.
En s'en allant.
J'ai fait pour Chéréa tout ce que je puis faire,
C'est à lui maintenant de se tirer d'affaire.

Il sort.

SCÈNE V.

CHREMÈS, *après s'être promené d'un bout du*
théâtre à l'autre sans rien dire.

Tout cela franchement me tient l'âme en souci,
Plus j'y songe, en effet, plus j'appréhende aussi
Que cette Thaïs-là, par son adroit manège,

Ne me fasse bientôt tomber dans quelque piège.
Quel intérêt la pousse à me questionner ?
Est-ce que pour ma sœur elle se veut donner ?
Certe, on ne me prend point à ces ruses grossières.
Pour la seconde fois je cède à ses prières,
Qu'elle laisse donc là les discours superflus,
Car demain, ni jamais, je ne reviendrai plus.

Il va frapper à la porte de Thaïs.

Holà, holà ! quelqu'un !

Pythias et Dorias paraissent.

SCÈNE VI.

CHREMÈS, PYTHIAS, DORIAS.

PYTHIAS.

O le joli jeune homme !

Comment vous nomme-t-on ?

CHREMÈS, *reculant.*

C'est Chremès qu'on me nomme.

A part.

La coquine !

PYTHIAS, *lui touchant la main.*

Mon cher Chremès...

CHREMÈS.

Laissez ma main.

PYTHIAS.

Thaïs vous fait prier de revenir demain.

CHREMÈS.

Je vais à la campagne.

PYTHIAS.

Attendez.

CHREMÈS.

Non.

PYTHIAS.

De grâce !

Si vous faites cela, Chremès, je vous embrasse.

CHREMÈS.

Voyez-vous l'éhontée !

PYTHIAS.

Entrez dans la maison.

CHREMÈS.

Non, te dis-je.

PYTHIAS.

Pourquoi ?

CHREMÈS.

Je ne puis.

PYTHIAS.

La raison ?

CHREMÈS.

Eh ! peste soit de toi !

PYTHIAS.

Je dois encor vous dire

De la part de Thaïs...

CHREMÈS.

Quoi donc ?

PYTHIAS.

Qu'elle désire

Que vous l'alliez trouver ici près, chez Thrason.

CHREMÈS.

J'y consens.

PYTHIAS, à *Dorias*.

Dorias, montre-lui la maison.

Chremès sort avec Dorias.

Ce Chremès est charmant et c'est vraiment dom-
[mage]
Qu'un homme si bien faitsoit d'humeur si sauvage.
Elle rentre chez Thaïs, au moment où paraît Antiphon
dans le fond du théâtre.

SCÈNE VII.

ANTIPHON, *seul*.

Je cherche Cherea partout, et nulle part
Le moindre Cherea ne s'offre à mon regard.
Qu'a-t-il pu devenir? qu'est-ce qui le retarde?
Hier, au port de Pirée étant tous deux de garde
Avec quelques amis, jeunes gens comme nous,
Nous avions résolu de nous réunir tous
Afin d'aller dîner aujourd'hui même ensemble,
Et de fêter gaîment le Dieu qui nous rassemble.
Nous convînmes de l'heure et du lieu tout exprès,
Et ce fut Cherea qu'on chargea des apprêts.
Cependant voici l'heure et rien n'est prêt encore.
Ce fou de Cherea ne vient pas, et j'ignore
Quelle cause l'oblige à se tenir caché.
Après l'avoir en vain dans cent endroits cherché,
Je viens voir s'il n'est point au logis de son père.
Entrons donc, je le vais trouver là, je l'espère.
    Apercevant Cherea qui sort de la maison de Thaïs.
Eh! mais, de chez Thaïs n'est-ce pas lui qui sort?
C'est lui-même en effet, ou je me trompe fort.

SCÈNE VIII.

ANTIPHON, CHEREA.

CHEREA, *sans voir Antiphon*.

Est-il quelqu'un ici qui me suive ou me voie?
Non, je puis librement faire éclater ma joie.
O Jupiter! je sens qu'il est doux de mourir
Dans un pareil moment d'ivresse et de plaisir!
Mais quoi! suis-je encor seul et ne vient-il per-
[sonne]
Qui de me voir ainsi s'inquiète ou s'étonne?
Le ciel lui-même enfin ne m'enverra-t-il pas
Un ami curieux qui s'attache à mes pas,
Et par cent questions me rompe la cervelle
Pour savoir d'où me vient cette gaieté nouvelle,
Ce que je suis allé faire en cette maison,
Où je vais, qui je cherche et si j'ai ma raison!

ANTIPHON, *à part*.

Faisons-lui le plaisir que je vois qu'il souhaite.

    Abordant Cherea.

Cherea, quel costume? as-tu perdu la tête?
Où vas-tu? d'où sors-tu? qui te rend si joyeux?

CHEREA.

Ah! mon cher Antiphon, ta présence en ces lieux
Met mon bonheur au comble! apprends ce qui
[m'arrive.]

ANTIPHON.

Oui, dis-moi le sujet d'une gaieté si vive.

CHEREA.

Tu connais la beauté dont mon frère est épris?

ANTIPHON.

Je crois me rappeler qu'on la nomme Thaïs.

CHEREA.

C'est Thaïs elle-même, et ta mémoire est bonne.
Apprends donc que j'adore une belle personne
Qu'on lui vient d'amener tout à l'heure... A quo
[bon]
Te vanter sa beauté? tu sais, cher Antiphon,
Que je ne suis pas homme à me laisser surprendre
Ni non plus de ces fous toujours prompts à se
[prendre]
Du plus indigne objet qui se peut présenter;
Mais ici, je le dis sans la vouloir flatter,
D'assez rares attraits cette fille est pourvue
Pour m'avoir pu charmer dès la première vue.

ANTIPHON.

Est-il vrai, Cherea?

CHEREA.

        Je n'exagère pas;
Tu seras comme moi surpris de tant d'appas.
Mais c'est en dire assez d'avouer que je l'aime.
Le ciel pour mon bonheur voulut qu'aujourd'hui
[même]
Mon frère fît présent d'un eunuque à Thaïs,
Et que de son valet me vînt un bon avis.

ANTIPHON.

Quel?

CHEREA.

    De prendre l'habit de cet homme et sa place.

ANTIPHON.

Comment?

CHEREA.

    Sans m'interrompre écoute-moi, de grâce.
Sous ce déguisement j'entre dans la maison;
Tout me sert à souhait; on n'a pas de soupçon.
Thaïs part et me laisse aux soins d'une servante
Qui d'abord, tu croiras peut-être que j'invente?
Me mène en une chambre où dormait Pamphila.

ANTIPHON.

La belle en question sans doute?

CHEREA.

        Oui. « Reste là,
Dit-elle, qu'aucun mot ne sorte de ta bouche;
Fais brûler ces parfums alentour de sa couche,
Et sur son jeune front, jusques à son réveil,
Agite un vent léger propice au doux sommeil. »
De peur de me trahir ou d'oublier mon rôle,
Je l'écoute parler sans dire une parole...

ANTIPHON.

En esclave soumis?

CHEREA.

        Elle s'éloigne enfin.

ANTIPHON.

Elle vous laisse seuls?

CHEREA.

        Oui, seuls.

ANTIPHON.

        Voyons la fin.

CHEREA.

Etonné tout d'abord d'un bonheur si facile,

Mon éventail en main, je demeure immobile.

ANTIPHON.

La noble contenance et le bel attirail!
Voyez-vous ce grand âne avec son éventail?

CHEREA.

Tu te moques?

ANTIPHON.

Poursuis.

CHEREA.

Je me tourne vers elle,
Ah! mon cher Antiphon, qu'elle m'apparut belle!
Et que dans son sommeil...

ANTIPHON.

Laissons là son portrait,
Tu ne pus résister sans doute à tant d'attrait?

CHEREA.

D'un trouble tout nouveau je me sens l'âme émue,
Et la rougeur au front je porte ailleurs ma vue.

ANTIPHON.

Quoi?

CHEREA.

Mon regard errant s'est alors arrêté
Sur certain vieux tableau par Thaïs acheté,
Où l'on voit Jupiter, le maître du tonnerre,
Entrant chez Danaé, là nuit, avec mystère,
Comme un simple mortel, afin de la tenter.
Quel sot respect, me dis-je, est venu m'arrêter?
Puis-je jamais prétendre à me montrer plus sage
Que Jupiter lui-même, à qui tout rend hommage?

ANTIPHON.

Si bien donc qu'enhardi par ce raisonnement...

CHEREA.

Je m'approche sans bruit.

ANTIPHON.

Sans bruit?

CHEREA.

Et doucement.

ANTIPHON.

Et doucement?

CHEREA.

Bien sûr qu'on ne peut me surprendre
Et que nous sommes seuls...

ANTIPHON.

Tu me fais trop attendre.

CHEREA.

Je l'embrasse!

ANTIPHON.

Est-ce tout?

CHEREA.

Mon baiser aussitôt
La réveille, elle pousse un grand cri.

ANTIPHON.

Pauvre sot!
Par un nouveau baiser tu lui fermes la bouche?

CHEREA.

Non, dans son épouvante elle quitte sa couche.

ANTIPHON.

Tu la poursuis?

CHEREA.

Non plus, car pour la secourir,
J'entends au même instant Pythias accourir.

ANTIPHON.

Et tu donc?

CHEREA.

Ma foi, je n'attends pas la suite,

Je découvre une issue et m'esquive au plus vite.

ANTIPHON.

Tu te sauves?

CHEREA.

Tout fier de ce baiser volé.

ANTIPHON.

C'est ainsi, Cherea, que tu t'en es allé?

CHEREA.

J'en conviens.

ANTIPHON.

Sans avoir rien tenté davantage?

CHEREA.

Non.

ANTIPHON.

Certes, Jupiter n'eût pas été si sage;
Mais je vois, Cherea, qu'il te faut pardonner,
Et que tu ne t'es point souvenu du dîner.

CHEREA.

Il est prêt.

ANTIPHON.

Prêt, dis-tu?

CHEREA.

Prêt.

ANTIPHON.

Le brave jeune homme!
Chez qui?

CHEREA.

Chez un certain affranchi.

ANTIPHON.

Qui se nomme?

CHEREA.

Discus.

ANTIPHON.

C'est un peu loin.

CHEREA.

Il faudra nous hâter.

ANTIPHON.

Change de vêtements.

CHEREA.

Je ne puis les quitter.

ANTIPHON.

Pourquoi?

CHEREA.

Je n'ose plus retourner chez mon père
De peur de me trouver en face de mon frère,
Mon embarras est grand, car j'appréhende aussi
Que mon père à présent ne soit lui-même ici.

ANTIPHON.

Serait-il revenu déjà de la campagne?

CHEREA.

Je le crains.

ANTIPHON.

Viens chez moi!

CHEREA.

Soit.

ANTIPHON.

Va, je t'accompagne.
C'est le lieu le plus proche où tu puisses aller.

CHEREA.

Chez toi, de Pamphila je te veux reparler.
C'est un rare trésor qu'il faut que je possède.

ANTIPHON.

Oui, nous aviserons, je te promets mon aide.

ACTE QUATRIÈME.

SCÈNE PREMIÈRE.

PHEDRIA, seul.

En gagnant ce matin notre maison des champs,
Il me vint à l'esprit mille soucis cuisants
Que je ne pus chasser. — C'est ainsi d'habitude :
Quand notre âme est en proie à quelque inquiétude,
Malgré nous et de soi notre esprit est porté
A ne regarder rien que du méchant côté.
D'abord, de mes pensers ne me pouvant distraire,
Je passe, sans la voir, la maison de mon père ;
Puis, mécontent de moi, je reviens sur mes pas,
Et m'arrête bientôt pour réfléchir. — Hélas !
Vivre deux jours entiers loin de Thaïs ! me dis-je.
A ne lui parler pas si mon serment m'oblige,
S'il ne m'est pas permis même de l'approcher,
Est-ce que de la voir je me dois empêcher ?
Non ; Thaïs sur ce point ne m'a pas fait défense,
C'est quelque chose encor que s'aimer à distance.
Je puis, sans l'aborder, suivre de loin ses pas ;
Si l'un m'est interdit, l'autre au moins ne l'est pas.
Et le cœur plus joyeux, l'âme moins incertaine,
J'abandonne les champs et reviens vers Athène.

Apercevant Pythias qui sort de chez Thaïs.

Mais je vois Pythias qui sort.

SCÈNE II.

PHEDRIA, PYTHIAS, puis DORIAS.

PYTHIAS, sans voir Phedria.

      Malheur à moi !

PHEDRIA.

Que dit-elle ?

PYTHIAS.

      Je suis perdue, hélas !

PHEDRIA.

      Pourquoi ?

PYTHIAS.

Où se cache-t-il ?

PHEDRIA.

      Qui ?

PYTHIAS.

      Le scélérat, le traître !

PHEDRIA.

Où le trouver ?

PHEDRIA.

Sachons ce que cela peut être.
Je tremble...

PYTHIAS.

Avoir osé...

PHEDRIA.

      Quoi donc ?

PYTHIAS.

      L'audacieux !
Que j'aurais de plaisir à lui crever les yeux !

PHEDRIA.

Hein ?

PYTHIAS.

Si je le pouvais trouver sur mon passage,
Que je lui sauterais volontiers au visage !

PHEDRIA.

Oh ! oh !

PYTHIAS.

S'il me tombait seulement sous la main,
Comme il me pairait cher...

PHEDRIA.

      Allons, il est certain
Qu'il leur est arrivé malheur en mon absence.
Pythias !...

PYTHIAS.

Fiez-vous à ces airs d'innocence !

PHEDRIA.

Pythias, qu'as-tu donc ?

PYTHIAS.

      Vous voilà ?

PHEDRIA.

      Réponds-moi.

PYTHIAS.

Vous venez à propos.

PHEDRIA.

      De grâce, explique-toi.

PYTHIAS.

      [faites,
Nous vous remercions des dons que vous nous
Mais vous pouvez pour vous garder de telles bêtes.

PHEDRIA.

Quelles bêtes ?

PYTHIAS.

      J'entends votre eunuque enragé.

PHEDRIA.

Qu'a-t-il fait ?

PYTHIAS.

      Il a...

PHEDRIA.

      Quoi ? parle, achève.

PYTHIAS.

      Outragé...

PHEDRIA.

Qui ?

PYTHIAS.

Pamphila.

PHEDRIA.

      Comment ?

PYTHIAS.

      Ma foi, comme on outrage.

PHEDRIA.

Lui ?

PYTHIAS.

      Lui-même.

PHEDRIA.

      Dorus ?

PYTHIAS.

      Eh oui, Dorus. J'enrage !
La pauvre fille en pleurs n'a dit que quelques
      [mots,
Mais nous avons compris le reste à ses sanglots.
Quant à votre honnête homme, il a vidé la place
Et pris soin prudemment de nous cacher sa trace.

PHEDRIA.

Il ne peut être allé bien loin. — Je vais savoir

Si ce traître est rentré chez moi.

PYTHIAS.
Vite, allez voir.
Phédria entre chez lui.

DORIAS. [nable!
Quelle audace, grand Dieu! quel crime abomi-
Je n'ai jamais ouï conter rien de semblable.

PYTHIAS.
Si j'avais pu prévoir un tel événement,
Je l'aurais quelque part enfermé sagement,
Au lieu de confier cette fille à sa garde.

SCÈNE III.

PHEDRIA, DORUS, PYTHIAS, DORIAS.

PHEDRIA, à Dorus, qu'on ne voit pas encore.
Sors de chez moi, coquin, sors, te dis-je, ou prends
Qu'on ne te traîne ici malgré toi. [garde

DORIAS.
Le voilà.

PHEDRIA.
Esclave de malheur, tu te tiens encor là?

DORUS, sortant de chez Laches.
Hélas!

PHEDRIA, le tirant brusquement.
Avance donc.

DORUS.
Ah!

PHEDRIA.
Comme il tord la bouche!
Voyez ce bon coquin! croirait-on qu'il y touche?

PYTHIAS, à Phédria.
Il était donc chez vous?

DORIAS.
Quel bonheur! Est-ce lui?

PYTHIAS, examinant Dorus.
Que vois-je?

PHEDRIA.
C'est Dorus.

PYTHIAS.
Où donc?

PHEDRIA.
Là.

PYTHIAS.
Ce vieux?

PHEDRIA.
Oui.

PYTHIAS.
Cet homme-là?

PHEDRIA.
Sans doute.

PYTHIAS.
Eh non!
Examinant Dorus de plus près.
Par quel prestige?...

PHEDRIA.
Le reconnais-tu?

PYTHIAS.
Non, ce n'est pas lui, vous dis-je.
Personne de chez nous ne connaît ce vieillard.

PHEDRIA.
Personne?

PYTHIAS.
Assurément. — Croyez vous, par hasard,
L'esclave que voilà bâti comme le vôtre?

PHEDRIA.
Oui, certes, tout à fait, car je n'en ai point d'autre.

PYTHIAS.
Allons, vous vous moquez?

PHEDRIA.
Point.

PYTHIAS.
Sans comparaison,
L'autre avait meilleur air et meilleure façon.

PHEDRIA.
Folle, c'est son manteau bariolé, je gage,
Qui te fit ce matin trouver beau son visage.
Il te paraît plus vieux depuis qu'il ne l'a plus.

PYTHIAS.
Taisez-vous donc; votre homme est laid, vieux et
L'autre est jeune et bien fait. [perclus.

PHEDRIA.
C'est pour rire, sans doute?

PYTHIAS.
Non.

PHEDRIA.
Je ne sais donc plus ce que j'ai fait?
A Dorus.
Écoute,
Je veux t'interroger, réponds; t'ai-je acheté?

DORUS.
Oui, seigneur.

PHEDRIA.
Nous allons savoir la vérité.

PYTHIAS.
Permettez, à mon tour, que je le questionne.

PHEDRIA.
J'y consens. — Toi, Dorus, réponds, je te l'ordonne.

PYTHIAS, à Dorus, en lui montrant la maison de
Thaïs.
Dis-moi si tu connais d'abord cette maison?
Dorus fait signe que non.
Vous voyez, Phédria, qu'il fait signe que non.
Il n'est jamais venu chez nous, j'en suis certaine.
Celui dont je vous parle avait seize ans à peine,
Et ce fut Parménon qui l'amena.

PHEDRIA, secouant Dorus.
Pourquoi
Ce changement d'habits? Qu'attendais-tu chez
Parleras-tu, pendard? [moi?

DORUS.
C'est Chéréa...

PHEDRIA.
Mon frère?

DORUS.
Il est venu...

PHEDRIA.
Chez nous?

DORUS.
Chez vous.

PHEDRIA.
Pour quelle affaire?

DORUS.
Je ne sais.

PHEDRIA.
Quand?

DORUS.

Tantôt.

PHEDRIA.

Seul?

DORUS.

Avec Parmenon.

PHEDRIA.

Tu le connaissais donc?

DORUS.

Point.

PHEDRIA.

Qui t'a dit son nom?

DORUS.

Parmenon; — et voilà l'habit qu'il m'a fait mettre.

PHEDRIA.

Achève.

DORUS.

Votre frère a pris les miens.

PHEDRIA, *le menaçant.*

Lui? traître!

DORUS.

Je suis mort! — Après quoi tous deux s'en sont [allés.

PHYTIAS.

Eh bien! suis-je encor folle? ai-je raison? parlez:
Pensez-vous maintenant qu'on ait droit de se [plaindre?

PHEDRIA.

Tu crois donc ce qu'il dit, sotte?

A part.

Songeons à feindre.

A Dorus.

Avance; encore un peu; là, c'est bien, il suffit.
Voyons, répète-moi tout ce que tu m'as dit.

PHYTIAS.

La chose parle assez d'elle-même.

PHEDRIA.

Mon frère

T'a donc pris tes habits?

DORUS.

Oui.

PYTHIAS.

La réponse est claire.

PHEDRIA.

Il s'en est habillé, puis à ta place ici
Parmenon t'a conduit?

DORUS.

Cher seigneur, c'est ainsi.

PHEDRIA.

Par Jupiter, voilà la plus grande imposture
Et le fourbe le plus effronté!...

DORUS.

Je vous jure...

PYTHIAS, *à Phedria.*

Vous ne croyez donc pas encore?...

PHEDRIA.

Quant à toi,

Je serais fort surpris si tu n'ajoutais foi
Aux contes impudents de cet homme.

A part.

Que faire?

Bas à Dorus.

Je t'ordonne de tout nier.

Haut.

C'était mon frère?

Réponds.

DORUS, *hésitant.*

Oui...

PHEDRIA, *le menaçant du regard.*

Que dis-tu?

DORUS.

Non.

PHEDRIA.

Oui, non. — Je vois,

Traître, que pour tirer la vérité de toi
Il te faut bâtonner.

Bas.

Demande grâce, pleure.

DORUS, *se jetant à ses pieds.*

Je pleure tout de bon,

PHEDRIA.

Rentre chez moi sur l'heure.

Il le rudoie.

DORUS.

Hola! ho!

PHEDRIA, *le poussant devant lui.*

Je devrais te donner mille coups,

Pour t'apprendre, coquin, à te moquer de nous.
Marche.

A part.

Je ne sais pas de quelle autre manière
Je me pouvais tirer d'ici.

Il entre chez lui avec Dorus.

SCÈNE IV.

PYTHIAS, DORIAS.

C'est là, ma chère,

Aussi vrai que j'existe, un tour de Parmenon.

DORIAS.

Il n'en faut pas douter.

PYTHIAS.

J'en veux avoir raison,

Et lui rendre bientôt, si je puis, la pareille.
Que me conseilles-tu?

DORIAS.

Ce que je te conseille?

PYTHIAS.

Oui, faut-il ne rien dire ou parler?

DORIAS.

Tu seras

Plus sage, à mon avis, pour sortir d'embarras,
D'ignorer désormais ce que tu sais, ma chère.

PYTHIAS.

Tu me conseilles donc, Dorias?

DORIAS.

De te taire,

Et de n'affliger point Thaïs.

PYTHIAS.

J'entends.

DORIAS.

Dis-lui

Seulement, si tu veux, que Dorus s'est enfui.

PYTHIAS.

Je suivrai ton avis.

DORIAS.

Voici Chremès, silence.

Thaïs ne peut tarder à revenir, je pense.

PYTHIAS.

Si tôt? pour quel motif?

DORIAS.

Avant de les quitter,
Je les ai vus déjà tous trois se disputer.

PYTHIAS.   [prendre.
Rentre dans la maison, — Chrèmès va tout m'ap-
Dorias rentre chez Thaïs au moment ou paraît Chrèmès.

SCÈNE V.

PYTHIAS, CHRÈMÈS.

CHRÈMÈS, sans voir Thaïs.

Par Hercule ! j'en tiens, je me suis laissé prendre.
Le vin qu'ils m'ont fait boire a triomphé de moi.

PYTHIAS.

Notre homme marche un peu de travers.

CHRÈMÈS.

J'avais foi,
Tant que j'étais à table, en ma sagesse extrême,
Et ma sobriété me surprenait moi-même ;
Mais à peine debout, je dus m'apercevoir
Que mes pieds refusaient de faire leur devoir.

PYTHIAS.

Chrèmès !...

CHRÈMÈS.

Hein ? qui va là ? je crois que l'on m'appelle.
Reconnaissant Pythias.
'est toi ? — Qui t'a donné cette grâce nouvelle ?
Tes beaux yeux n'avaient pas tantôt cette douceur.

PYTHIAS.

Vous n'étiez pas non plus de si joyeuse humeur.

CHRÈMÈS.

Le proverbe a raison : sans vin, sans bonne chère,
Tout amant est transi.
Il veut l'embrasser.
N'est-il pas vrai, ma chère ?
Il n'est rien que le vin pour donner de l'amour.
A propos, ta maîtresse est-elle de retour ?

PYTHIAS.

Elle n'est plus avec Thrason ?

CHRÈMÈS.

Depuis une heure,
Et les voilà brouillés pour toujours, où je meure.

PYTHIAS.

Ne vous a-t-elle pas dit de la suivre ?

CHRÈMÈS.

Point.

Elle m'a seulement fait un signe de loin.
En s'en allant.

PYTHIAS.

Eh bien ! cela devait suffire.

CHRÈMÈS.

Je n'ai pas su d'abord ce qu'elle voulait dire ;
Mais Thrason m'expliqua la chose clairement
En me jetant dehors dans le même moment.
Apercevant Thaïs.
La voilà. — Je ne sais ce qui l'a retardée.

SCÈNE VI.

THAÏS, CHRÈMÈS, PYTHIAS.

THAÏS, sans voir Chrèmès.

Il va venir ici, j'en suis persuadée,
Pour ravoir Pamphila. — Qu'il vienne la chercher !
Que du doigt seulement il ose la toucher !...

CHRÈMÈS.

Elle ne me voit pas. — Approchons-nous.

THAÏS.

Je jure
Qu'il se repentira de m'avoir fait injure !

CHRÈMÈS.

Je suis ici, Thaïs, depuis longtemps.

THAÏS.

C'est vous
Que je cherchais, Chrèmès. Maudits soient les ja-
[loux,
Parce que près de moi je vous fais prendre place.
L'imbécile vous croit son rival, et vous chasse.

CHRÈMÈS.

Qu'importe ? J'ai goûté malgré lui de son vin,
Et ne me suis pas mis du moins à table en vain.

THAÏS.

Vous semblez peu touché de l'affront.

CHRÈMÈS.

Moi ? j'enrage
Qu'il ne m'ait pas permis d'en boire davantage.

THAÏS.

Je suis prête à braver jusqu'au bout sa fureur,
Et d'abord je m'en vais vous rendre votre sœur.

CHRÈMÈS.

Ma sœur ! comment ?

THAÏS.

Dieu sait que pour vous et pour elle
Je me suis attiré déjà mainte querelle.

CHRÈMÈS.

Où donc est cette sœur ?

THAÏS.

Chez moi.

CHRÈMÈS.

Chez vous ?

THAÏS.

Eh quoi !
Vous déplaît-il, Chrèmès, de la savoir chez moi ?

CHRÈMÈS.

Je ne dis pas cela.

THAÏS.

Vous mefaltes outrage.
Votre sœur est aimable autant qu'instruite et sage.

CHRÈMÈS.

O ciel ! que dites-vous ?

THAÏS.

la pure vérité.
Je vous la rends, Chrèmès, avec sa liberté,
Sans exiger de vous la moindre récompense...

CHRÈMÈS.

Ne doutez pas, Thaïs, de ma reconnaissance,
Et croyez que je sais tout ce que je vous dois.

THAÏS.

Mais craignez de la perdre une seconde fois.

CHRÈMÈS.

Veut-on me l'enlever ?

THAÏS.

Il vous faut tout apprendre :
C'est elle que Thrason jure de me reprendre.

CHRÈMÈS.

Hein ? dois-je ajouter foi...

THAÏS.

Vous ne me croyez pas ?

A Pythias.
Donne le coffre où sont les preuves, Pythias.

PYTHIAS.
Ce coffre, où donc est-il?

THAÏS.
Dans l'armoire, je pense.
Que je hais ta lenteur!

Pythias entre chez Thaïs.

CHREMÈS, *apercevant de loin Thrason.*
Chut! l'ennemi s'avance.
Le voyez-vous, Thaïs, qui marche vers ces lieux?
Quelle troupe de gens il amène, grands dieux!

THAÏS.
Seriez-vous poltron?

CHREMÈS.
Moi? — La question m'étonne.

THAÏS.
Là, franchement?..

CHREMÈS.
Fi donc! — Je ne connais personne
Qui le soit moins que moi.

THAÏS.
Fort bien. — Cela vaut mieux.

CHREMÈS.
Je serais désolé de passer à vos yeux
Pour un...

THAÏS.   [homme
N'en parlons plus. — Mais songez que votre
Est étranger ici, cher Chremès, et qu'en somme
Vous êtes plus puissant et plus connu que lui.

CHREMÈS.
Sans doute, mais enfin c'est encore un ennui
D'avoir à quereller quelqu'un sur quelque chose;
Aux chances d'un combat faut-il que je m'expose,
Et ne vaut-il pas mieux entre gens mesurés
Prévenir un affront que s'en venger après?
Rentrez chez vous, Thaïs, et fermez votre porte.
Je cours chercher des gens qui nous prêtent main

THAÏS.   [forte.
Demeurez.

CHREMÈS.
Mes amis...

THAÏS.
Il n'en est pas besoin.

CHREMÈS.
Mais..

THAÏS.
Demeurez, vous dis-je, et laissez là ce soin.

CHREMÈS.
Je...

THAÏS.
Nommez Pamphila votre sœur.

CHREMÈS.
Oui.

THAÏS.
Sans crainte.

CHREMÈS.
Sans crainte.

THAÏS.
Si Thrason soupçonne quelque feinte,
Faites-lui voir comment, par quels signes certains...

Pythias reparaît portant un petit coffre entre ses mains.
Les voici. — Pythias, remets-les en ses mains.

Pythias donne le coffre à Chremès.

Maintenant, s'il vous fait affront, je vous conseille
De le mener devant les juges.

CHREMÈS.
À merveille.

THAÏS.
Et surtout du sang-froid.

CHREMÈS.
J'en aurai, — j'en aurai.

THAÏS.
Votre manteau, je crois, traîne à vos pieds.

CHREMÈS.
C'est vrai.

THAÏS.
Relevez-le.

A part.
Quel sort faut-il que j'appréhende
Si mon défenseur même attend qu'on le défende?

SCÈNE VII.

THAÏS, CHREMÈS, THRASON, GNATON,
SANGA, DONAX, SYRISCUS, SIMALION.

*Au moment où Thrason et sa suite paraissent dans le
fond du théâtre, Thaïs se range avec Chremès du côté
de sa maison.*

THRASON, *sans voir Thaïs.*
Souffrirai-je une telle humiliation?
Plutôt mourir. — Holà! Donax, Simalion,
Syriscus, suivez-moi.

THAÏS, *à Chremès.*
L'imposante cohorte!

THRASON, *à Gnaton.*
Pour commencer, Gnaton, nous enfonçons sa porte.

GNATON.
Très-bien.

THRASON.
J'enlève alors Pamphila sous ses yeux.

GNATON.
J'en suis aise. Et Thaïs.

THRASON.
Je la tue.

GNATON.
Encor mieux!

THRASON, *se tournant vers ses gens.*
Donax et son bélier au centre de bataille.

A Syriscus.
Toi, passe à l'aile gauche avec ta lourde taille.
Et toi, Simalion,
à la droite.
Regardant de tous côtés.
Pourquoi
Ce coquin de Sanga n'est-il pas près de moi?

SANGA, *un lambeau de toile à la main.*
Me voilà.

THRASON.
Comment, lâche, est-ce là ton épée?

SANGA.
Si vous laissez ici quelque tête coupée,
J'étancherai le sang.

THRASON, *cherchant de nouveau autour de lui.*
Et les autres?

SANGA.
Oui-dà,
Quels autres, s'il vous plaît?

THRASON.

Vous êtes donc tous là?

SANGA.

Sannion garde seul le logis.

THRASON.

Qu'on s'apprête.

A Sanga.

Toi, range tes soldats et te mets à leur tête.

SANGA.

Et vous?

THRASON.

Je reste au centre.—Attendez mon signal.

GNATON.

Pyrrhus n'en usait pas autrement,

A part.

L'animal

Qui se met à l'abri derrière tous les autres!

CHREMÈS, *bas à Thaïs.*

Je ferais bien, je crois, d'aller chercher les nôtres.

THAÏS.

Sachez que ce héros est le plus grand poltron...

THRASON, *à Gnaton.*

Que me conseilles-tu de faire?

GNATON.

Il serait bon

Que quelqu'un maintenant nous donnât une fronde,

Et qu'à couvert ici, derrière tout le monde,

Vous les missiez en fuite en les chargeant de loin.

THAÏS, *à Chremès.*

Ne craignez rien de lui, Chremès; Dieu m'est témoin

Que cet homme n'est pas si terrible qu'il semble.

THRASON, *apercevant Thaïs.*

La voilà!

GNATON.

Ruons-nous sur elle tous ensemble.

THRASON.

Avant que d'en venir à cette extrémité,

Voyons ce que l'on peut gagner par un traité;

Que sais-tu si, craignant de me braver en face,

Thaïs ne se va pas rendre de bonne grâce?

GNATON.

Quel avantage c'est d'avoir de la raison,

Et que vous me donnez une sage leçon!

Je ne vous vois jamais que je n'aie à m'instruire.

THRASON, *s'approchant de Thaïs.*

Écoutez bien, Thaïs, ce que je vais vous dire:

Lorsque de Pamphila je vous ai fait présent,

N'avez-vous pas promis et juré,

Montrant Gnaton.

lui présent,

De n'être qu'à moi seul pendant deux jours?

THAÏS.

Ensuite?

THRASON.

Faut-il vous rappeler votre indigne conduite?

Et ne m'avez-vous pas audacieusement,

A ma barbe, à mon nez, amené votre amant?

THAÏS.

Que répondre à cela?

THRASON.

Vous a-t-il pas suivie

Quand vous m'avez quitté?

THAÏS.

Certe, et j'en fus ravie.

THRASON.

Eh bien donc, à l'instant rendez-moi Pamphilia,

Ou je vous l'enlèverai de force.

CHREMÈS, *s'avançant.*

Halte là.

GNATON.

Ce jeune audacieux ne sait pas qui nous sommes.

CHREMÈS.

Vous êtes, je le sais, les plus lâches des hommes.

GNATON.

Prenez garde?

CHREMÈS.

Osez donc seulement la toucher!

GNATON.

Ne nous défiez point!

THRASON.

Prétends-tu m'empêcher

De reprendre mon bien?

CHREMÈS.

Cette fille est à toi?

THRASON.

Oui, sans doute.

CHREMÈS.

Comment fripon, homme sans foi!...

GNATON.

Prenez garde, vous dis-je!

CHREMÈS.

Allons, videz la place!

THAÏS, *l'encourageant.*

Bien!

CHREMÈS.

Hors d'ici!

THRASON.

Gnaton, je crois qu'il nous menace?

CHREMÈS.

Si vous faites du bruit, faquins, je vous promets

Que vous vous souviendrez de ce jour à jamais.

GNATON.

J'ai pitié ne vous voir outrager un tel homme.

CHREMÈS.

Toi, si tu ne pars pas à l'instant, je t'assomme.

GNATON.

Ah! ah! c'est donc ainsi que tu parles aux gens,

Et comme tu reçois des avis obligeants?

THRASON.

Cette esclave, pourquoi prétends-tu la défendre,

De quel droit, à quel titre enfin?...

CHREMÈS.

Tu vas l'apprendre.

Premièrement, je dis qu'elle est libre.

THRASON.

Ah!

CHREMÈS.

Et puis

Citoyenne d'Athène.

THRASON.

Oh!

CHREMÈS.

Et ma sœur.

THRASON.

Tant pis.

CHREMÈS.

Partant, mon capitaine, il vous est fait défense
De lui faire jamais la moindre violence.

Se tournant vers Thaïs.

Je vais chez Sophrona, la nourrice.

THAÏS.

Pourquoi?

CHREMÈS, *prenant le coffre.*

Pour lui montrer ceci.

THRASON, *criant.*

Cette fille est à moi!

CHREMÈS.

Eh bien, je te la prends.

Il s'éloigne.

GNATON.

Que ce mot le confonde!

THRASON, *se rapprochant de Thaïs.*

Qu'en dites-vous, Thaïs?

THAÏS, *lui tournant le dos.*

Cherchez qui vous réponde.

Elle entre chez elle et ferme sa porte au nez de Thrason.

SCÈNE VIII.

LES MÊMES, *moins* CHREMÈS *et* THAÏS.

THRASON.

Gnaton, quel parti prendre?

GNATON.

Allons-nous-en chez nous.
Elle viendra bientôt se mettre à vos genoux.

THRASON.

Tu le crois?

GNATON.

J'en suis sûr, — si par expérience
J'ai de l'esprit femelle acquis quelque science.
Voulez-vous une chose, elles ne veulent pas;
Vous ne la voulez plus, elles en font grand cas.

THRASON.

Tu dis vrai.

GNATON.

Je vais donc congédier l'armée;
Nous avons assez fait pour notre renommée.

THRASON.

J'y consens.

GNATON, *à la troupe.*

Il est temps de nous en retourner;
Allons, guerriers, allons... achever de dîner.

Ils sortent tous.

ACTE CINQUIÈME.

SCÈNE PREMIÈRE.

THAÏS, PYTHIAS.

THAÏS.

Je sais, je ne sais rien, on m'a dit, je devine...
Veux-tu bien t'expliquer plus clairement, coquine!
Pourquoi Dorus s'est-il enfui de la maison
Et pourquoi Pamphila pleure-t-elle?

PYTHIAS.

Hélas!

THAÏS.

Bon!

Laisse là tes soupirs.

PYTHIAS.

Infortunée!

THAÏS.

Encore!

PYTHIAS.

Comment vous informer...

THAÏS.

Peste de la pécore!

PYTHIAS.

Sachez que votre eunuque est un fourbe.

THAÏS.

Un fourbe?

PYTHIAS.

Oui.

THAÏS.

Quoi! Pythias, ce jeune esclave?

PYTHIAS.

Esclave, lui?

Détrompez-vous.

THAÏS.

Comment?

PYTHIAS.

Tout à l'heure, ici même,
Nous avons découvert son grossier stratagème.
Dorus n'est pas son nom; le sien est Chérea.
C'est le frère, en un mot, de votre Phedria.

THAÏS.

Que me viens-tu conter?

PYTHIAS.

Rien dont je ne sois sûre.

THAÏS.

Et pourquoi d'un eunuque a-t-il pris la figure?
Dans quel but?

PYTHIAS.

Pour avoir chez vous un libre accès.

THAÏS.

Quel est son crime enfin? qu'a-t-il fait?

PYTHIAS.

Je ne sais.

Les pleurs de Pamphila vous le diront.

THAÏS.

Pendarde!
Ne l'avais-je pas mise en partant sous ta garde?

PYTHIAS, *apercevant Chérea.*

Chut! j'aperçois notre homme.

THAÏS.

Où donc?

PYTHIAS.

De ce côté.

THAÏS.

En effet, c'est bien lui.

PYTHIAS.

Quel maintien effronté!

A-t-on plus d'impudence?

THAÏS.

Il a bonne tournure.

PYTHIAS.

Et bonne opinion, je crois, de sa figure.
Elles s'éloignent toutes deux au moment où paraît Cherea.

~~~~~~~~~~~~~~~~~~~~~~~~~~~~~~~~~~

SCÈNE II.

LES MÊMES, CHEREA.

CHEREA.

Peste soit des parents qui gardent le logis!
Comment chez Antiphon aller changer d'habits,
S'il faut que l'on soit vu, que l'on entre ou qu'on
[sorte,
Du père et de la mère assis devant la porte?
Les deux vieillards, je crois, se sont donné le mot
Pour nous fermer ainsi le chemin.

PYTHIAS.

Pauvre sot!

CHEREA, *se dirigeant vers la maison de Lachès.*

Allons, quoi qu'il arrive...

THAÏS, *lui barrant le chemin.*

Où t'en vas-tu si vite?

CHEREA, *à part.*

Dieux!

THAÏS.

A rentrer chez moi faut-il que je t'invite?

CHEREA, *confus.*

Thaïs!...

THAÏS.

Bon serviteur!

CHEREA, *à part.*

Que dire?

PYTHIAS, *lui saisissant le bras.*

Je le tiens.

THAÏS.

Tout ce que l'on m'a dit est donc vrai?

CHEREA.

J'en conviens.

PYTHIAS.

Il ose en convenir!

THAÏS.

Et tu n'as pas de honte?

CHEREA.

J'ai tort.

PYTHIAS.

T'en crois-tu quitte envers nous à ce compte?

CHEREA.

Grâce pour cette fois!

THAÏS.

Qu'as-tu fait?

CHEREA.

Presque rien.

PYTHIAS.

Presque rien! Dieux puissants, écoutez ce vaurien!
Presque rien! Outrager une fille d'Athène!
Oser porter la main sur une citoyenne!

CHEREA.

Je la croyais esclave ainsi que moi.

PYTHIAS.

Vraiment?
Tu n'es donc qu'un esclave, en effet, toi?

CHEREA, *troublé.*

Comment?

THAÏS.

Laisse-nous, Pythias.

PYTHIAS.

Quoi! le monstre a l'audace
De se venir encor moquer des gens en face!

THAÏS.

Tais-toi, sotte, ou va-t'en.

PYTHIAS.

Pourquoi donc, s'il vous plaît?
Je sais ce que je dis, et qu'après son forfait
Je suis encore en reste avec un pareil traître,
Tant que pour votre esclave il veut se reconnaître.

THAÏS, *à Pythias.*

Finissons.

A Cherea.

Cherea, vous avez mal agi,
Car malgré vous déjà votre front a rougi;
Et quand j'aurais cent fois mérité cet outrage,
Il vous sied mal de faire un tel apprentissage.
Si cette fille-là me reste sur les bras,
Je suis, en vérité, dans un grand embarras.
Mon plan eût réussi sans doute, et mes mesures
Eussent été sans vous, je crois, bonnes et sûres.
Vous avez tout rompu pour votre seul plaisir.
Si bien que grâce à vous, et malgré mon désir
De veiller avec soin sur cette jeune fille,
Pour la rendre moi-même un jour à sa famille,
J'ai perdu désormais jusqu'au dernier espoir
De l'obligation qu'on m'en pouvait avoir.

CHEREA.

Pour un baiser volé suis-je donc si coupable?

THAÏS.

Pour un baiser?

PYTHIAS.

Il ment.

CHEREA.

Rien n'est plus véritable.
Cette fille, à ma vue, a poussé de tels cris,
Que je me suis sauvé, de peur d'être surpris.

THAÏS.

Puissiez-vous dire vrai!

CHEREA.

Pourquoi ne pas me croire?
Vous a-t-on fait déjà quelque méchante histoire?

PYTHIAS.

Les pleurs de Pamphila parlent seuls contre toi.

CHEREA.

Ne pensez pas, Thaïs...

THAÏS.

C'est assez, je vous croi.

PYTHIAS.
Quoi! vous vous reposez sur sa seule parole?

THAÏS, à part.
Je tiens l'autre pour sotte.

Montrant Pythias.
Et celle-ci pour folle.

CHEREA.
Mais avant tout, Thaïs, sachez bien qu'aujourd'hui
C'est l'amour, l'amour seul qui chez vous m'a con-
                                        [duit;
Et que si l'on m'a vu descendre à cette ruse,
Ma passion, du moins, peut me servir d'excuse.

THAÏS.
Sur de tels mots toujours on pardonne aisément,
Et je sais compatir aux peines d'un amant.

CHEREA.
Vous êtes adorable, et déjà je vous aime.

PYTHIAS.
S'il est vrai, prenez garde à présent pour vous-
                                        [même.

CHEREA.
Je n'oserais jamais...

PYTHIAS.
Ne vous y fiez pas.

THAÏS.
Assez.

CHEREA.
Ne croyez point ce que dit Pythias.
Venez à mon secours et faites que j'obtienne
D'elle ou de ses parents que Pamphila soit mienne.

THAÏS.
Pourtant si votre père...

CHEREA.
Il n'empêchera rien.
Pourvu qu'elle soit libre et citoyenne.

THAÏS.
Eh bien,
Je vais mettre le frère et la sœur en présence,
Et vous assisterez à la reconnaissance.

CHEREA.
Volontiers.

THAÏS.
Venez donc.—Chremès ne peut tarder,
Nous l'attendrons chez moi.

PYTHIAS, à Thaïs.
C'est trop vous hasarder,
Prenez garde!

CHEREA.
Thaïs, n'ayez aucune crainte,
Je ne vous veux donner aucun sujet de plainte.

PYTHIAS.
Pour moi, je n'en crois pas sa promesse.

CHEREA.
En ce cas,
Que ne te charges-tu de me garder?

PYTHIAS.
Non pas.
Je ne te donnerais quoi que ce soit en garde,
Ni ne te garderais.

THAÏS.
Laissons cette bavarde.
Elle entre chez elle avec Cherea.

SCÈNE III.

PYTHIAS, puis PARMENON.

PYTHIAS.
Ah! voilà Parmenon qui vient de ce côté.
Quel air de nonchalance et de tranquillité!
S'il plaît aux dieux, pendard, ton châtiment s'ap-
                                        [prête,
Et je vais me venger comme je le souhaite.
Laissons-le un peu venir.
Elle se range du côté de la maison de Thaïs.

PARMENON.
Je voudrais bien savoir
Comment ce Cherea se conduit.—J'ai l'espoir
Qu'il n'a point mal mené jusqu'ici l'entreprise
Et que quelque bon Dieu d'en haut le favorise.
Jamais, ô Parmenon, tu n'as mieux mérité:
Car ce qui doit t'enfler de quelque vanité
N'est pas d'avoir tantôt trouvé ce stratagème,
Et chez cette Thaïs l'introduisant toi-même,
A cet écervelé procuré le moyen
De s'amuser sans trouble et sans dépenser rien;
Le triomphe est plus rare et vaut qu'on te renomme,
D'avoir en de tels lieux fait entrer ce jeune homme,
Afin que connaissant les femmes et leurs mœurs,
Il pût voir de combien les hommes sont meilleurs,
Et qu'en jugeant l'espèce à de pareils modèles,
Il prît soin désormais de se garantir d'elles.

PYTHIAS.
Certes, il t'en cuira.

PARMENON.
Puisse-t-il seulement
N'être pas reconnu sous ce déguisement
Et rentrer tout à l'heure au logis de son père.
Le bonhomme est aux champs encore, je l'espère;
Mais s'il nous surprenait par un retour subit
Avant que notre amant ait pu changer d'habit,
Malgré tout mon esprit et mon adresse à feindre,
Je serais, j'en conviens, un homme fort à plaindre,
Car ce brave vieillard, en bon père qu'il est,
Est moins prompt à rosser son fils que son valet;
Et si ce jeune fou, surpris près de sa belle,
S'attire, par malheur, quelque sotte querelle,
Je suis sûr de payer tout seul les pots cassés
Et d'avoir sur le dos tous les frais du procès.

PYTHIAS, à part.
Ma foi, faisons-lui peur.

Criant et parcourant la scène.
Ah! grands dieux! je suis morte!

PARMENON.
Qu'a donc cette coquine à crier de la sorte?

PYTHIAS.
Hélas!

PARMENON.
Qu'arrive-t-il?

PYTHIAS.
Pauvre jeune homme!

PARMENON.
Quoi?

PYTHIAS.
Quel exemple terrible on va faire de toi!

PARMENON.

Hein?

PYTHIAS.

Maudit Parmenon!

PARMENON.

Pythias!

PYTHIAS.

C'est toi, traître!
Oses-tu bien encore en ces lieux reparaître!

PARMENON.

Que s'est-il donc passé?

PYTHIAS.

N'as-tu pas aujourd'hui
Fait entrer ce Dorus chez nous? — N'a-t-il pas, lui,
Sûr que personne ici ne prendrait sa défense,
A cette Pamphila lâchement fait offense?

PARMENON.

Comment?

PYTHIAS.

Tu sais trop bien ce qu'il a pu tenter,
Mais un mot va suffire à te déconcerter.
Apprends que cette fille est libre et citoyenne,
Et qu'elle a retrouvé son frère dans Athène.

PARMENON, à part.

Le coup est imprévu!

PYTHIAS.

Ce frère est d'une humeur
A ne point endurer l'affront fait à sa sœur;
Et je crains...

PARMENON.

Que crains-tu de ce frère intraitable?

PYTHIAS.

Il a d'abord lié sans pitié le coupable.

PARMENON.

Il l'a lié!

PYTHIAS.

Thaïs en vain l'a supplié
D'épargner son jeune âge.

PARMENON.

Et quand il l'eut lié?

PYTHIAS.

Les pleurs du malheureux m'ont tellement émue
Que je me suis sauvée afin d'en fuir la vue.

PARMENON.

Mais qu'a-t-il résolu de faire?

PYTHIAS.

Je ne sais.

PARMENON.

Se veut-il contre lui porter à quelque excès?

PYTHIAS.

C'est un homme, entre nous, dangereux à connaî-

PARMENON, sanglotant.   [tre!

Hélas! ce jeune esclave est le fils de mon maître!

PYTHIAS, feignant la surprise.

O ciel! est-il possible?

PARMENON.

Oui, son fils en un mot!

PYTHIAS, à part.

Le plus rusé fripon n'est souvent qu'un grand sot.

PARMENON.

Au nom de Phédria que Thaïs le protège.

PYTHIAS, à part.

Comme un fourbe aisément se laisse prendre au

PARMENON.   [piége!

Je vais moi-même...

PYTHIAS.

Songe à ce que je t'ai dit,
Cher Parmenon, prends garde avec tout ton esprit
Que tu ne t'ailles mettre en un péril extrême
D'où tu ne pourras plus te retirer toi-même;
Et que lui pour sa faute et toi pour ton conseil
Vous n'ayez à subir un châtiment pareil.
Mais quel est ce vieillard qui vient?

PARMENON.

Dieux! c'est le père!

PYTHIAS, à part.

Il arrive à propos.

PARMENON.

Hélas! que faut-il faire?
Lui dois-je raconter notre infortune, — ou bien
Serait-il plus prudent de ne lui dire rien?

PYTHIAS.

Va, va, que ce vieillard te pardonne ou se fâche
Son fils est en danger; il convient qu'il le sache.

PARMENON.

Je suis perdu!

PYTHIAS.

Crois-moi, dis-lui tout, Parmenon,
Tu ne saurais mieux faire; adieu.

A part.

Le tour est bon;
Elle entre chez Thaïs.

~~~~~~

SCÈNE IV.

PARMENON, LACHÈS.

PARMENON.

L'échine me démange et mon dos mal à l'aise...

Lachès paraît.

Voilà notre vieillard.

LACHÈS.

Il n'est rien qui me plaise
Comme cette maison de campagne que j'ai.

PARMENON.

Je crois qu'il parle seul.

LACHÈS.

En une heure j'y vai
Ou j'en reviens.

PARMENON, toussant.

Hum! hum!

LACHÈS.

Tantôt à la campagne,
Tantôt ici, partant dès que l'ennui me gagne,
Et d'un endroit à l'autre allant en peu de temps,
Je ne suis jamais las d'Athènes ni des champs.

PARMENON.

Je n'ose l'aborder, son bâton m'inquiète.

LACHÈS.

Que fait là Parmenon?

PARMENON.

Ah! seigneur, quelle fête!
Vous voilà de retour?

LACHÈS.

Oui.

PARMENON.

J'en suis enchanté.

LACHÈS.

Mais...

PARMENON.

J'ai plaisir à voir votre bonne santé.

LACHÈS.

Je me porte bien, mais...

PARMENON.

Que je vous débarrasse
De ce pesant bâton...

LACHÈS.

Laisse, laisse.

PARMENON.

De grâce!

LACHÈS.

Non, te dis-je.

PARMENON.

Vous voilà devant votre maison,
Quel besoin avez-vous encore d'un bâton?

LACHÈS.

Je t'apprendrai bientôt l'emploi qu'on en peut
Si tu ne veux répondre.   [faire

PARMENON.

Hélas! ma perte est claire,
Et de toutes façons je dois être battu.

LACHÈS.

Comment?

PARMENON.

C'est fait de moi!

LACHÈS.

Hein! pourquoi gémis-tu?
Serait-il arrivé?...

PARMENON.

Que je parle ou me taise,
Je vois bien que pour moi l'heure sera mauvaise,
Et que mon dos...

LACHÈS, *le menaçant.*

Veux-tu parler?

PARMENON.

Je parlerai.

LACHÈS.

Eh bien?

PARMENON.

Sachez d'abord, c'est le point le plus vrai,
Que je ne suis pour rien dans tout ce qui se passe.

LACHÈS.

Que se passe-t-il donc, traître? mon bras se lasse.

PARMENON.

J'aurais dû commencer par vous tout raconter.
Sachez que Phedria m'ordonna d'acheter
Hier certain eunuque...

LACHÈS.

Un eunuque, l'infâme!

PARMENON.

Pour en faire présent à cette même femme.

LACHÈS.

A quelle même femme?

PARMENON.

A Thaïs.

LACHÈS.

Et combien
Cet homme coûte-t-il?

PARMENON.

Vingt mines.

LACHÈS.

C'est mon bien
Qu'il dévore! c'est moi qu'il ruine et qu'il pille!

PARMENON.

De plus, son frère épris d'une certaine fille...

LACHÈS.

Hein! que dis-tu? De qui son frère est-il épris?
A-t-il quitté le port? — Tout va de mal en pis.

PARMENON.

Certes, ce ne sont pas mes conseils...

LACHÈS.

A son âge,
Qui donc l'a pu pousser dans le libertinage?

PARMENON.

Je jure...

LACHÈS.

Quant à toi, je sais ce qui t'est dû,
Et tu ne perdras rien pour avoir attendu.

PARMENON.

Je ne demande point le prix de mes services.

LACHÈS.

Je veux, comme il convient, payer tes bons offices.
Mais achève d'abord.

PARMENON.

On dit que votre fils
Sous l'habit de l'eunuque est entré chez Thaïs.

LACHÈS.

Sous l'habit de l'eunuque?

PARMENON.

On le dit.

LACHÈS.

Ciel! ensuite?

PARMENON.

On l'a pris et lié.

LACHÈS.

Dieux puissants!

PARMENON.

Entrez vite.

LACHÈS.

Suis-moi.

PARMENON.

Je ferais mieux de vous attendre ici.
A part.
Si ce frère irrité m'allait lier aussi!

LACHÈS.

Si tout cela n'est pas une impudente fable,
Ta lâcheté m'apprend quel est le vrai coupable.

PARMENON.

Comment?

LACHÈS.

Le ciel t'écrase avec tous tes pareils!
C'est toi qui perds mon fils par tes méchants con-
                           [seils.

PARMENON.

Qui, moi? c'est lui plutôt dont le penchant au vice
Me force à devenir malgré moi son complice.

LACHÈS, *le bâtonnant.*
Tiens, voilà ce que vaut cette parole-là.
PARMENON.
C'est lui seul, je vous jure...
LACHÈS.
Encor!
PARMENON.
Ho! ho! holà!
LACHÈS.
Sauvons mon fils. — Plus tard, je te payerai le
[reste.
PARMENON.
Vous ne me devez rien de plus, je vous l'atteste.
Lachès entre chez Thaïs.

~~~~~~

SCÈNE V.

PARMENON, PYTHIAS.

PARMENON, *d'une voix lamentable.*
J'avais bien deviné que ce maudit bâton
Me jouerait tôt ou tard un tour de sa façon.
PYTHIAS, *riant.*
Ha! ha! ha!
PARMENON.
Pythias!
PYTHIAS, *riant.*
Ha! ha!
PARMENON.
Qu'a-t-elle à rire?
PYTHIAS.
J'en mourrai.
PARMENON.
Qu'est-ce donc? ne veux-tu pas me dire...
PYTHIAS.
Quoi, mon cher Parmenon?
PARMENON.
Le sujet de...
PYTHIAS.
Je meurs.
Je n'en puis plus, holà!
PARMENON.
Sotte, va rire ailleurs,
Ou dis de qui tu ris.
PYTHIAS.
De toi, belle demande!
PARMENON.
De moi?
PYTHIAS.
Sans doute.
PARMENON.
C'est...
PYTHIAS.
Oui.
PARMENON.
L'impudence est grande.
PYTHIAS.
Je n'ai jamais rien vu de plus divertissant
Que ce valet battu criant et grimaçant,
Et ce pauvre vieillard, plein d'une terreur vaine,
Au secours de son fils courant tout hors d'haleine.
Elle rit de plus belle.

PARMENON.
Ne cesseras-tu pas?
PYTHIAS.
Je crois en bonne foi
Qu'il n'est rien de si bête en ce monde que toi.
Ta sottise a beaucoup égayé ma maîtresse.
PARMENON.
Comment?
PYTHIAS.
Je te croyais plus fin, je te le confesse.
PARMENON.
Qu'entends-tu?
PYTHIAS.
Plus habile.
PARMENON.
Explique-toi.
PYTHIAS.
Le sot!
Qui me croit sur parole, et dès le premier mot,
Et pense se tirer adroitement d'affaire
En dénonçant d'abord ce jeune homme à son père.
Dis-moi, t'a-t-il payé tout ce qui t'était dû?
PARMENON.
Je te rendrai bientôt ce que j'en ai reçu.
PYTHIAS.
Attends qu'on t'ait donné le reste.
PARMENON.
Ah! scélérate,
Toi, tu n'attendras pas.
PYTHIAS, *se sauvant.*
Oui-dà, que l'on me batte?
PARMENON, *la poursuivant.*
Certes, je t'atteindrai.
PYTHIAS.
Tu crois? Attends un peu,
Je m'en vais t'envoyer le vieillard.
PARMENON.
Hein?
PYTHIAS.
Adieu.
Elle lui ferme la porte au nez.
PARMENON.
Si nous nous revoyons, que le ciel te protége!
Comme un sot animal je me suis pris au piège.

~~~~~~

SCÈNE VI.

PARMENON, GNATON, THRASON.

GNATON.
A quel dessein, Thrason, revenons-nous ici?
Que voulez-vous?
THRASON.
Je veux me mettre à sa merci,
Et faire désormais ce qui lui plaira.
GNATON.
Certe
Voilà qui me surprend et qui me déconcerte.
THRASON.
Un tel abaissement me doit être permis.
Hercule par l'amour fut comme moi soumis;

Et jadis, si j'en crois ce que l'on en raconte,
Omphale...

GNATON.

Vous pouvez vous soumettre sans honte.
Un tel exemple est fait pour accommoder tout,
Et vous imiterez Hercule jusqu'au bout.

PARMENON, *à part*.

Que veulent ces gens-là dont l'aspect m'importune?

THRASON.

Entrons donc chez Thaïs, et tentons là fortune.

GNATON, *à part*.

Que j'aurais de plaisir si quelque coup de pied...

THRASON.

Hein?

GNATON.

Vous avez en tout une grâce qui sied,
Et Thaïs, j'en suis sûr...

THRASON.

Chut! on ouvre sa porte.

GNATON.

Eh bien! n'entrons-nous pas?

THRASON.

Attendons qu'elle sorte.

SCÈNE VII.

LES MÊMES, CHÉRÉA.

CHÉRÉA, *sortant de chez Thaïs*.

Personne en ce moment n'est plus heureux que moi!

THRASON.

Qui vient là?

CHÉRÉA.

Parmenon, mon cher Parmenon!

PARMENON.

Quoi?

CHÉRÉA.

J'épouse Pamphila.

PARMENON.

Vous l'épousez?

CHÉRÉA.

Mon père
Consent à nous unir, il cède à ma prière.
Thaïs, de son côté, j'a si bien su toucher,
Que mon frère, à présent, n'a plus rien à cacher,
Qu'il peut quand il voudra revoir celle qu'il aime,
Et goûter du bonheur tout autant que moi-même.

PARMENON, *à part*.

A merveille! j'en suis pour mes coups de bâton.

CHÉRÉA.

Voyons si Phedria n'est pas dans la maison.
Ils entrent ensemble chez Thaïs.

SCÈNE VIII.

THRASON, GNATON.

GNATON.

Votre rival triomphe, et c'est vous que l'on chasse.

THRASON.

En cette extrémité, que veux-tu que je fasse? moi,
Vois jusqu'où peuvent choir des hommes tels que

Lorsque de leurs désirs ils subissent la loi!
Moins je garde d'espoir, et plus ma flamme aug-
[mente,
Moins je me crois aimé, plus je la vois charmante;
Sa froideur, ses rebuts, et jusqu'à ses mépris,
Tout la sert à mes yeux et lui donne du prix.
Enfin je l'aime encore et ne m'en puis défendre.

GNATON.

Tant pis.

THRASON.

Conseille-moi.

GNATON.

Que pouvez-vous prétendre,
Et quels conseils encor vous donnerai-je?

THRASON.

Hélas!

GNATON.

Gagnez sur vous d'abord de ne soupirer pas.
De tels *hélas* vont mal à votre caractère,
Et vous devez montrer une âme un peu plus fière.

THRASON.

Obtiens de Phedria qu'il soit de mes amis
Et me permette encor de visiter Thaïs.

GNATON.

Que j'obtienne cela de lui?

THRASON.

Je t'en conjure.

GNATON.

Je ne puis.

THRASON.

Tu le peux, si tu veux, je t'assure.

GNATON.

Non, je ne saurais.

THRASON.

Bon, imagine un moyen.
Est-ce que ton esprit s'embarrasse de rien?

GNATON, *le considérant*.

Encor si vous n'étiez qu'un héros ordinaire,
Et si vous n'aviez pas tout ce qu'il faut plaire;
Mais vous êtes trop propre à troubler un époux,
Et l'on ne vous voit pas sans se garer de vous.

THRASON.

Dis-lui bien que je sais comme il faut me conduire,
Et que je ne veux plus tâcher à la séduire.

GNATON.

Promettez-vous aussi d'être moins bien bâti,
Et que Thaïs un jour n'aura pas appétit?...

THRASON.

Obtiens-moi seulement qu'il m'admette chez elle,
Je me charge du reste; et, pour prix de ton zèle,
Tu peux me demander tout ce que tu voudras.

GNATON.

Vous me l'accorderez?

THRASON.

A l'instant.

GNATON.

En ce cas,
Et pour spécifier la récompense offerte,
Je veux trouver toujours votre maison ouverte,
Le jour comme la nuit, l'hiver comme l'été;
Vous, absent ou présent, et sans être invité,

Pouvoir rôder chez vous des cuisines aux caves;
Ordonner le repas, gourmander vos esclaves;
Choisir les meilleurs vins et les mets de mon goût,
M'asseoir à votre table et m'emplir jusqu'au cou.

THRASON.

J'y consens volontiers, pourvu que tu m'obtien-

GNATON.   [nes...

Il suffit. — Maintenant vos affaires sont miennes.
Cette assurance-là me rend tout mon esprit,
Et je saurai servir l'homme qui me nourrit.

THRASON.

Les voilà.

GNATON.

Tirons-nous à l'écart, je vous prie.

~~~~~~~~~~~~~~~~~~~~~~~~~~~~~~~~~~~~~

SCÈNE IX.

LES MÊMES, PHEDRIA, CHEREA, PARMENON.

PHEDRIA.

Est-il vrai, Cherea, n'est-ce point raillerie?

CHEREA.

Rien n'est plus vrai, mon frère.

PARMENON.

Entrons.

THRASON, bas à Gnaton.

C'est le moment.

GNATON.

Je m'en vais l'aborder.

THRASON.

Parle-lui poliment.

GNATON.

Laissez-moi faire.

Toussant.

Hum!

PHEDRIA.

Qu'est-ce?

GNATON.

Je vous salue.

PARMENON.

Ces imbéciles-là sont encor dans la rue?

PHEDRIA.

N'est-ce pas là Thrason?

GNATON.

Il est devant vos yeux.

Bas à Thrason.

Saluez.

PHEDRIA.

Pourquoi donc revient-il en ces lieux?

GNATON.

Pour vous complimenter sur votre mariage.

PHEDRIA.

Pour me complimenter?

GNATON.

Oui, pour vous rendre hommage.

PHEDRIA.

Portez vos compliments et votre hommage ailleurs,
Ou je vais vous apprendre à faire les railleurs.

GNATON.

Je vous...

PHEDRIA.

Savez-vous bien que s'il faut qu'on vous

GNATON.   [chasse...

Daignez nous écouter.

CHEREA.

Non, quittons-leur la place.

PHEDRIA.

Si je vous vois encor rôder de ce côté,
Vous êtes morts.

GNATON.

Oui-dà! quelle méchanceté!

PHEDRIA.

Tenez-vous-le pour dit.

GNATON.

Peste! l'homme féroce,
Qui prétend nous manger à son repas de noce!

PHEDRIA.

Adieu.

GNATON.

Deux mots encor, de grâce.

CHEREA.

L'importun!

GNATON, à part.

Je n'insisterais pas, si j'étais à jeun.

PHEDRIA.

Parle et fais vite.

A Parmenon.

Toi, que Thaïs et mon père
Sachent que je suis là dehors avec mon frère.

Parmenon entre chez Thaïs.

A Gnaton.

Finissons, je vous prie.

GNATON, bas à Thrason.

Éloignez-vous un peu.

Thrason s'éloigne.

GNATON, s'approchant de Phedria.

Pour vous faire d'abord le plus sincère aveu,
Je dois vous déclarer que cet homme m'ennuie,
Et que les lourds propos qu'il faut que j'en essuie
Me le font trouver sot presque autant qu'il est laid.

THRASON, s'approchant de Gnaton et lui parlant
à l'oreille.

Vante-lui mon esprit.

GNATON, bas.

Oui, c'est ce que je fai,
Éloignez-vous un peu.

Même jeu que tout à l'heure.

A Phedria.

Parlons sans période.
Cet homme, disions-nous, m'assomme et m'in-

[commode;

Et si pour tenir lieu de l'esprit qu'il n'a pas
On ne vantait les vins, l'esprit de ses repas,
S'il ne se connaissait aux bons vins qu'il nous verse,
Je romprais tout à l'heure avec lui tout commerce.
Cependant, Phedria, je viens vous engager
A l'admettre chez vous.

PHEDRIA.

Est-ce pour m'outrager
Ou pour rire, coquin?

GNATON.

Point. — Vous seriez en faute
De ne pas accueillir avec joie un tel hôte.

CHEREA.

Il se moque de nous.

GNATON.

En aucune façon.

Vous devez à cet homme ouvrir votre maison,
Trouver bon qu'il y vienne, et souffrir sans colère
Qu'il visite Thaïs et qu'il tâche à lui plaire.
Car daignez un moment sur lui jeter les yeux :
Est-il rien de plus laid et de moins gracieux,
Rien de moins séduisant des pieds jusqu'à la tête?

THRASON, à part.   [traite.

Que leur dit-il? — Voyons un peu comme il me
Il s'approche doucement de Gnaton.

GNATON, sans voir Thrason.

C'est un lourdaud peu propre à donner de l'amour,
Une masse de chair qui ronfle nuit et jour,
Un rustre...

THRASON.

Ah! scélérat, tu me peins de la sorte!

GNATON, bas.

Ne prétendez-vous pas qu'il vous ouvre sa porte
Si je vous montre tel que vous êtes!

THRASON, se reculant.

J'entend.

GNATON, à Phedria.

C'est pourquoi, Phedria...

CHEREA.

Mon frère, on nous attend.

GNATON.

Laissez ce pauvre sot dont on n'a rien à craindre
Aux genoux de Thaïs soupirer et se plaindre,
Sûr qu'il n'obtiendra rien au bout de ses hélas,
Et vous le chasserez quand vous en serez las.

PHEDRIA, à son frère.

Devons-nous consentir et faut-il que je cède?

GNATON, à part.

Oui, mais plaidant pour lui, c'est pour moi que
N'oublions pas ce point.   [je plaide;

PHEDRIA.

Ma foi, je suis d'avis
Que nous le recevions au rang de nos amis.
Je me sens trop heureux et ma joie est trop grande
Pour ne pas me ranger à ce qu'il me demande.

GNATON.

Daignez donc l'accueillir, et de votre amitié
J'ose vous demander pour moi l'autre moitié.

PHEDRIA.

Je te l'accorde.

THRASON.

Eh bien?

GNATON.

L'affaire est arrangée.

THRASON.

Il consent?

GNATON.

Oui, quittez cette mine allongée.
Phedria vous permet de revenir ici.

THRASON.

Vraiment?

GNATON.

En sa maison il me reçoit aussi.

THRASON.

A merveille.

PHEDRIA.

Approchez, Thrason, que l'on vous voie.

THRASON.

Soyez sûr...

PHEDRIA.

Vous pouvez partager notre joie.
Je veux que tout le monde aujourd'hui soit heu-

THRASON.   [reux.

Croyez...

PHEDRIA.

Je vous invite à mes noces tous deux.

GNATON.

Au dîner?

PHEDRIA.

Au dîner, et je le veux splendide.

THRASON.

Peut-il ne l'être point quand Thaïs le préside?

PHEDRIA.

Le mot est délicat.

CHEREA.

Le compliment est doux.

GNATON, bas à Thrason, le tirant à part.

Vous démentez trop tôt ce que j'ai dit de vous.

THRASON.

Ma foi, s'il faut jouer le rôle d'imbécile,
Je ne pourrai jamais.

GNATON.

Bon, tout vous est facile.

THRASON.

Mon esprit est trop vif pour se vouloir céler.

GNATON.

Vous l'y contraindrez bien; — vous n'avez qu'à

THRASON.   [parler.

Je ferais vainement.

GNATON.

Vous n'avez rien à faire.

PHEDRIA, à Thrason.

Si notre compagnie est vraiment pour vous plaire,
Venez quand vous voudrez, et venez en amis.
Gnaton à notre table aura son couvert mis.

GNATON.

Grands dieux qui souriez à cette offre opportune,
Doublez mon appétit en doublant ma fortune!

PHEDRIA.

Présentement souffrez que je vous quitte; adieu.

THRASON.

Dans l'univers entier je ne sais pas un lieu
Ou je n'aie aujourd'hui des gens qui me chérissent.

GNATON.

J'en voudrais bien avoir autant qui me nourrissent.

PHEDRIA, à Thrason.

Voici votre chemin, et le nôtre est par là.

A Cherea.

Mon frère, allons revoir Thaïs et Pamphila,
Et rendre grâce aux dieux de ce double hyménée.

Au public.

Applaudissez, messieurs; la pièce est terminée.

FIN.

Imprimerie de Mme Ve DONDEY-DUPRÉ, rue Saint-Louis, 46, au Marais.

www.ingramcontent.com/pod-product-compliance
Lightning Source LLC
Chambersburg PA
CBHW072258210626
46818CB00017B/1845